U0660672

20世纪人文地理纪实 第一辑

主编：杨镰

# 川游漫记

陈友琴／著 陈才智／整理

Chuanyou Manji

中国青年出版社

（京）新登字083号

图书在版编目（CIP）数据

川游漫记/陈友琴著；陈才智整理. —北京：中国青年出版社，2012.12
（20世纪人文地理纪实）

ISBN 978-7-5153-1177-7

Ⅰ.①川…　Ⅱ.①陈…②陈…　Ⅲ.①游记–四川省–文集
Ⅳ.①K928.971–53

中国版本图书馆CIP数据核字（2012）第254372号

*

中国青年出版社　出版 发行
社址：北京东四12条21号　邮政编码：100708
网址：www.cyp.com.cn
编辑部电话：(010)57350511　门市部电话：(010)57350370
三河市世纪兴源印刷有限公司印刷　新华书店经销

*

675×975　1/16　10.75印张　2插页　124千字
2012年12月北京第1版　2012年12月河北第1次印刷
印数：1–5000册　定价：22.00 元

# 《20世纪人文地理纪实》

## 总　序

20世纪，是人类社会进展最快的世纪。20世纪的通行话语是"变革"。

就中国而言，自进入20世纪，1911年"辛亥革命"为延续数千年的中国封建王朝的谱系画上了句号，1919年"五四"运动，新文化普及，1921年中国共产党成立，为现代中国奠定了基础。20世纪前50年间，袁世凯"称帝"、溥仪重返紫禁城，北伐、长征、抗日战争……直至1949年中华人民共和国成立，新中国受到举世关注。此后，特别是从"文化大革命"到改革开放，这些历史事件亲历者的感受，深刻影响了一代又一代人。

20世纪是中国进入现代时期的关键的、不容忽视的转型期，以20世纪前半期为例，1900年，"八国联军"践踏中华文明，举国在抗议中反思；1901年，原来拒绝改良的清廷宣布执行新政；1906年，预备立宪……以世界背景而言，"十月革命"，两次"世界大战"，成立联合国……1911年到1949年，仅仅历时30多年，中国结束了封建社会，经历了半封建半殖民地到社会主义的巨大跨越。反思20世纪，政治取向曾被视为文明演进的门槛，"不是革命就是反革命"，不是红，就是黑，一度成为舆论导向，影响了大众思维。

无可否认，在现代社会，伴随社会的进步、发展，中华民族的民主、科学精神逐步深入人心的过程，是中国历史最具影响力的事件，是可持续发展的推动力、中国现代时期的鲜明特点。

《20世纪人文地理纪实》则为这一影响深远的历史过程，提供了真实生动的佐证。

20世纪的丰富出版物中，一定程度上因为政治意图与具体事件脱节，人文地理著作长期以来未能受到充分关注，然而文学、历史、政治、文化、语言、民族、宗教、地理学、边疆学、地缘政治……等学科，普遍受到了人文地理读物的影响，它们是解读20世纪民主、科学思维成为社会主流意识的通用“教材”。

人文地理纪实无异于在社会急剧变革过程进行的“国情调研”，进入20世纪的里程碑。没有这部分内容，20世纪前期——现代时期，会因缺失了细节，受到误解，直接导致对今天所取得的成就认识不足。

就学科进展而言，现代文学研究是最早进入社会科学研究前沿位置的学科之一，《20世纪人文地理纪实》则为现代文学家铺设了通向文学殿堂的台阶：论证了他们的代表性，以及他们引领时代风气的意义。

与中华文明史、中国文学史的漫长历程相比，从“辛亥革命”到中华人民共和国建立，30多年短如一瞬间，终结封建王朝世系，弘扬社会主义精神文明，是现代时期定位的标志。

“人文地理”，是以人的活动为关注对象。风光物态、环境变迁、文物古迹、地缘政治……作为文明进步的背景，构建了“人文地理”的学术负载与阅读空间。

关于这个新课题，第一步是搜集并选择作品，经过校订整理重新出版。民国年间，中国的出版业从传统的木刻、手抄，进入石印、铅印出版流程，出版物远比目前认为的（已知的）宽泛，《20世纪人文地理纪实》的编辑出版，为现代时期的社会发展提供了参照，树立了传之久远的丰碑。否则，经过时间的淘汰，难免流散失传，甚至面目全非。

《20世纪人文地理纪实》与旅游文学、乡土志书、散文笔记、家谱实录等读物的区别在于：

人文地理纪实穿越了历史发展脉络，记录出人的思维活动，人的得失成败。比如边疆，从东北到西北，没有在人文地理纪实之中读不到的盲区。21世纪，开发西部是中国现代化可持续发展的重要内容。开发西部并非始于今天，进入了现代时期便成为学术精英肩负的使命：从文化相对发达的中原前往相对落后的中西部，使中西部与政治文化中心共同享有中华民族的丰厚遗产，共同面对美好前景。通过《20世纪人文地理纪实》，我们与开拓者一路同行，走进中西部，分享他们的喜怒哀乐、分担他们的艰难困苦。感受文明、传承文明。源远流长的华夏文明与中华民族的文化，不会因岁月流逝、天灾人祸，而零落泯灭。

《20世纪人文地理纪实》是20世纪结束后，重返这一历史时期的高速路、立交桥。

# 半载川游寄萍踪

## 陈才智

《川游漫记》的作者陈友琴先生，是中国社会科学院文学研究所已故学者中享年最长者。《川游漫记》是他第一部正式出版的书籍。鉴于目前读者对友琴先生已很陌生，出版物中亦难觅其详细资料，为知人论世，有必要介绍一下这位名字适与钱锺书成为对仗的前辈学者。出处主要来自人事档案及友琴先生的自述。

陈友琴（1902～1996），原名陈楚材，后来取《诗经·周南·关雎》“琴瑟友之”之义，改名友琴。笔名陈珏人，珏者，双玉也，即相合之二玉，扣“琴”字。其他笔名还用过夏静岩、郭君曼、珏人、楚才、畴人、笠僧、琴庐。汉族人。籍贯安徽当涂，寄居安徽南陵，清光绪二十八年（1902）七月二十七日晨，出生于安徽南陵县城关的一个中医世家。[①]南陵位于皖南，历来是江南之剧邑，“形势雄伟，土壤膏腴”，[②]山环水绕，风土清美；历史悠久，人文资源丰厚。乡贤有北宋名臣徐勣（1055～1134）[③]、驻美第一任

①直到1960年2月，南陵县竹青巷五号还有陈家的祖宅。1979年1月前后，移至竹青巷十六号。

②余谊密修，徐乃昌等纂《南陵县志》卷一，一九二四年铅印本。参见宗能徵等纂修《南陵小志》，光绪二十五年（1899）刊本。

③徐勣（1055～1134），字元功，南陵县家发镇徐家桥人，北宋神宗熙宁六年（1073）以一甲榜眼中进士（《南陵县志》卷一九、二五），初授吴江县尉，后迁建平知县。改诸王府记室参军。徽宗立，擢宝文阁待制兼侍讲，迁中书舍人，给事中，翰林学士。大观三年（1109）知太平州。加龙图阁直学士，留守南京。以显谟阁学士致仕。返乡后创办元功书院（原址今城关三小），为南陵最早的书院。《东都事略》卷105、《宋史》卷348有传。

外交官徐乃光（1859~1922）[①]、晚清江南四大藏书家之一徐乃昌（1868~1936）[②]、“学衡派”代表人物梅光迪（1890~1945）[③]等。

陈友琴的祖父陈锦蘭淳朴恳挚，是当地颇受患者称颂的中医，但在幼年陈友琴的眼里，有时不免严厉。而父亲陈煦生则平和开明，他是前清秀才，对国学素有根底，闲暇时曾手抄过许多古典诗词，对陈友琴深有影响。[④]陈煦生承继家业，也做中医，兼营药材生意。或许是书生气太浓，家里的小药铺一直经营得不太景气，经常赢少亏多。陈友琴是在南陵县城南书屋读的私塾，后到宣城第八中学插班。1921年在上海澄衷中学读三、四年级，1923年3月，与王蘅洲结

①徐乃光（1859~1922），字厚余，南陵工山汤村徐（今工山镇山峰村）人。出身仕宦之家，晚清福建按察使徐文达之长子，长江水师提督李成谋之爱婿，世居南陵。1894年，首任驻美国纽约首席领事官。任期届满归国，保升“遇缺即补道”，加二品衔。1904年，充督办盐政处咨议官。辛亥革命后返归梓乡，定居县城徐家大屋，不问政事，成为民国时代的寓公。

②徐乃昌（1868~1945），字积余，晚年号随庵老人，南陵工山汤村徐人，晚清著名的藏书、刻书、金石考证，古玩字画收藏家和学者。有《随庵吉金图录》、《小檀栾室镜影》、《镜影楼钩影》、《安徽通志金石古物考稿》、《玉圣林庙碑目》、《积学斋集拓古钱谱》等。南京高等学堂（即后来的南京大学）首任校长。藏书之多之精海内闻名，时人誉之为藏书巨子、刻书大家。其“积学斋”与南浔刘氏“嘉业堂”、常熟翟氏“铁琴铜剑楼”齐名，与贵池刘世衍（字葱石）“聚学轩”媲美。民国初，与安徽大学程演生等参与编纂《安徽通志》，并主纂《南陵县志》。

③梅光迪（1890~1945），字觐庄，号迪生，南陵县弋江镇西梅村人。中国首位留美文学博士，在哈佛大学执教十年，培养了大批的汉学人才。后回国任国立中央大学文学院院长。学贯中西，学识渊博，却不轻易动笔，不急求出版，加之英年早逝，故著作不多。他对国学与西学都有研究。1922年，与吴宓、胡先骕等创办《学衡》，标出“论究学术，阐述真理，昌明国粹，融化新知，以中正之眼光，行批评之职事，无偏无党，不激不随”的学术宗旨，人称“学衡派”。

④见陈友琴：《陶然亭》，收入其《萍踪偶记》，上海：北新书局，1936年1月，第220页。

为伉俪。[①]妻子小他一岁，出生于医药商人家庭。一年后，考入上海私立沪江大学教育系。沪江大学是解放前中国的十四所教会大学之一，1906年由美国南北浸礼会（Northern and Southern Baptists of America）创建，初名上海浸会大学（Shanghai Baptist College），1915年，校董事会决议改中文校名为沪江大学（University of Shanghai），确定校训为“信、义、勤、爱”。1917年在美国弗吉尼亚注册立案。1921年招收4名女生入学，开在华教会大学男女同校之先河。[②]作为由外国人开办的教会学校，沪江大学是当时上海有名的“贵族学校”，进这样的大学念书，需要高昂的学费。因陈友琴的祖父去世，父亲负债，无法负担大学全部费用，陈友琴最终没能念完大学，只读了两年，1926年8月便肄业离开沪江大学。[③]

辍学后，陈友琴经中国公学大学部学长张东荪介绍，在图书馆当了一个学期的职员。后回乡找了一份在旌德县高小教书的工作。此后，又到繁昌县三山镇父亲的一个朋友、杂货店商人叶壁城家里教私塾。在此期间，陈友琴靠幼年积累的国学根底坚持自学，博览群籍。后来在北平中国大学文学系又读了三年插班。陈友琴曾说过一句名言：“读书一目十行，这是所谓才子吓唬人的，凡是求读书真正有所得的，还需十目一行才是。”这句甘苦之谈被“补白专家”郑逸梅采入其《艺林散叶》。[④]

①他们后来育有一子二女：陈生健、陈小蘅、陈小琴。

②见朱博泉《沪江大学校史述略》，《上海文史资料选辑》第47辑（1984年），第206～212页；王立诚《美国教会高等教育在中国：沪江大学个案研究》，复旦大学博士论文，1995年。

③1958年8月10日所填干部简历表云：“1926年8月至1928年7月，沪江大学肄业。”恐误。

④见郑逸梅《艺林散叶》，中华书局，1982年12月，第80页。

1928年3月，经朋友介绍，陈友琴到安庆任国民党安徽省党部训练部编审科文书干事。[①]1928年8月至1929年1月，在安徽贵池的省立第五中等职业学校任国文教员。此后，陈友琴的前半生主要就投身于教育事业。1929年2月至7月，在安徽凤阳的省立第五中学高中部任国文教员。[②]1929年9月至1930年2月，至北平任国民党河北省党部训练部文书干事。1930年2月，任上海市私立建国中学文史教员。因私立学校薪水较少，又于1930年夏至秋，兼任国民党上海特别市党部宣传部干事，编辑《训练》半月刊。1931年1月至12月专任建国中学教员。1932年起，任上海市立务本女子中学文史教员，同时在敬业中学兼课。1932年“一二·八”抗日战争以后，学校陷于停顿，回安徽避难，在南陵县立小学代课。1933年春，上海战事平息，携眷回到上海，在恢复了的敬业中学、建国中学教国文课，同时兼任上海民众教育馆干事。

1935年3月，陈友琴在《申报·自由谈》发表《活字与死字》，[③]提到北京大学招考，投考生写了误字，“刘半农教授作打油诗去嘲弄他，固然不应该”，但鲁迅“曲为之辩，亦大可不必”。[④]那投考生的误字是以“倡明”为“昌明”，刘半农的打油诗是解“倡”为“娼妓”，鲁迅的杂感，是说“倡”不必一定作“娼妓”解。文章认为“所谓‘活字’者，就是大多数认识文字的人所公认的字……识字太多的朋友，搬出许多奇字僻字古字，与实际运用文字的需要全不相

①1950年11月10日所填教育干部登记表云：1926年参加国民党。1979年1月所填履历表云：1928年参加国民党。

②此据1960年2月所填简历表。1950年11月10日所填教育干部登记表云：1929年8月至1930年1月，任安徽省立第五职业学校国文教员；1930年2月至1930年7月，任安徽省立第五中学国文教员。

③发表于1935年3月16日、18日、19日《申报·自由谈》。

④鲁迅《“感旧”以后（下）》，发表于1933年10月16日《申报·自由谈》，后收入《准风月谈》。

干，我对于这一类的字，一概谥以佳号曰‘死字’。”此文引起鲁迅的注意，专门写《从“别字”说开去》[①]一文，加以辩驳，认为“写别字的病根，是在方块字本身的，别字病将与方块字本身并存，除了改革这方块字之外，实在并没有救济的十全好方法。”长期担任国文教员的陈友琴自然从中得益，后来在《国文十讲》这部小册子里，继续探讨了与此相关的论题。[②]

1935年8月，由于性情和待遇等原因，陈友琴辞去记者职务，重新回到上海务本女子中学，任文史教员。在此期间，因为与同乡前辈胡朴安、胡怀琛兄弟颇有交情，得以经常在胡朴安主持的《民报》上发表文章。1937年8月“八·一三”抗日战争以后，返安徽南陵，与同学组织抗日救亡会，做抗日宣传工作。1938年春，家里的药铺被日本飞机炸毁，为谋生，至安徽泾县东乡黄田村，在私立培风中学任国文教员；1938年8月至1942年1月，任浙江省立衢州中学文史教员，教授历史地理、国音字母、论理学等。[③]同事有后来的著名作家王西彦，学生有后来的武侠小说大家金庸（查良镛）、北京大学历史系教授陈仲夫。1942年2月至6月，在浙江金华任《东南日报》资料室干事。1942年7月至12月，在安徽屯溪任私立徽州中学文史教员；1943年1月至1944年7月，在安徽休宁县梅林镇任私立建国中学教导主任。1944年8月至1945年9月，在江苏瑶溪任省立临时中学文史教

①发表于1935年4月20日上海《芒种》半月刊第1卷第4期，署名旅隼，后收入《且介亭杂文二集》。编者注释：陈友琴“当时是上海务本女子中学教员”，误。陈友琴当时是中央通讯社上海分社记者。

②陈友琴著《国文十讲》，福建南平国民出版社1944年2月出版，收入“新青年丛书”，74页，包括“文字之国”的文字学习问题、关于“读字”的问题、谈词儿的名类及其误用、成语和譬喻的联系、论文章的感染性等。

③详情可见《萍踪偶记·到深山里去》。

员。1943年至1945年，还兼任《复兴日报》副刊编辑。1945年9月至1946年1月，在上海敬业中学代课。1946年2月，任杭州之江大学国文系讲师。1946年8月至1947年12月，转回《东南日报》，负责青年版和副刊《东南风》的编辑。1948年1月，任浙江大学附属中学国文教员。1948年8月起，兼在杭州师范学校上课。

陈友琴的教学在学生中留下很深的印象。他30年代执教的上海市立务本女子中学和40年代执教的浙江省立衢州中学，在2002年百年校庆时，都不约而同地在校刊开辟专栏纪念陈友琴，高度评价和称赞他的教学和为人。陈友琴在中学里教国文和历史等，教学中经常旁征博引，讲究灵活有趣，不局限于书本，因此深受学生欢迎。他还注意将课本同现实联系，引导学生怎样正确认识时代，懂得自己所肩负的责任。在上海务本女子中学，当蒋介石鼓吹"攘外必先安内"时，他曾为此组织了一次班级辩论会，辩论究竟是应该"攘外"还是"安内"。这场辩论使他的学生受益匪浅。1946年任杭州之江大学国文系讲师期间，由于他在课堂上宣讲鲁迅、郭沫若、茅盾和丁玲的作品，发表针对时局的言论，被一些学生宣称是"共产党"，①惹恼了这所教会学校的校长李培恩，而被校方解聘。陈友琴注重教学，更注重育人。他热爱学生，对学生关爱无所不至，也深受学生的爱戴。"文化大革命"期间，陈友琴人身失去自由，造反派对他做了大量的外调，希望能得到他们所要的"材料"，但均"无功"而返，回来后恨恨地责问陈友琴："为什么他们都只说你的好话？啊？你说，这到底是为什么？"②

30年代，正在上海任教的陈友琴结识了开明书店的叶圣陶，他

①其实陈友琴当时尚未加入中国共产党，1949年才成为预备党员，1953年转正。

②见陈友琴长子陈生健、长女陈小蘅和小女陈小琴合撰的《古典文学研究家陈友琴》，收入《南陵文化丛书·南陵史话》，作家出版社，2005年12月。

的才华和学问颇受叶圣陶的赏识，在叶圣陶、王伯祥的鼓励下，陈友琴编撰了《清人绝句选》（又名《清绝》），据该书编撰凡例后的题署时间，可知这部诗选1933年8月就已确定了编撰体例，直到1935年1月才由上海开明书店正式出版铅印本。[①]由徐乃昌题签，柳亚子题字，王西神[②]题诗，查猛济、[③]叶圣陶两人作序，[④]以此推重，引起学人的留意和兴趣。

①《清人绝句选》还有天津市古籍书店1991年1月影印本。

②王西神（1884～1942）原名蕴章，字莼农，号西神，别号西神残客。金匮（今江苏无锡）人。光绪二十八年（1902）中副榜举人。早年任中学英文教师。宣统二年（1910），《小说月报》创刊，为首任主编。1911年，经人举荐任职于中华民国南京临时政府。因工作不合己意，去职后游历南洋各国，作《南洋竹枝词》百首。后又回上海，历任沪江大学国文教授、《新闻报》编辑，并主持正风文学院的教务。1914年，《新闻报》设立文艺副刊《快活林》，王西神经常为该刊撰稿。曾参加柳亚子等所办的南社，并以戏剧鼓吹民主革命。工书法，通诗词，擅作小说。作品有《碧血花传奇》、《香骨桃传奇》、《可中亭传奇》、《铁云山传奇》、《玉鱼缘传奇》、《绿绮台传奇》、《霜华影》、《鸳鸯被》等9种；另有《玉台艺乘》、《梅魂菊影室词话》、《西神小说集》行世；诗词和小品文辑有《雪蕉吟馆集》、《梁溪词话》、《云外朱楼集》等未刊稿本。钱锺书的生母就是王西神的妹妹。

③查猛济（1902～1966），字太爻、宽之，别号寂翁，海宁袁花人。1914年考入杭州第一师范学校。五四运动时，参与创办《浙江新潮》周刊，积极鼓吹新思想，遭校方开除。1923年前后，查人伟、宋云彬在杭州办《新浙江报》，查猛济担任编辑。不久，报纸遭军阀孙传芳查封。之后，一度担任《之江日报》编辑，旋任教于杭州英文专修学校，加入中国共产党。第一次国共合作期间，以共产党员身份担任国民党杭州市党部宣传部长。蒋介石“四·一二”反革命政变后被通缉，回乡隐居养病，与中共组织失去联系。其后，曾在上海建国中学教书。抗战期间，任浙江省民政厅秘书及省贫儿院院长。抗战胜利后任英士大学哲学系教授。1952年，因病回乡休养。1956年，受聘为浙江省文史馆馆员、海宁县政协特邀代表。编著有《唐宋散文选》、《中国诗史》、《猛济文存》等。

④叶圣陶序，又题为《浑凝的诗感》，见朱正编注《叶圣陶集——大家小集》，花城出版社，2006年6月。

民国时期，学界对前清文学并无太高的评价，当时大学开唐诗课比较多，开宋诗课比较少，开清诗课的就更少了。清诗不为人重视，一是研究清诗的人比较少，一是有些人对清诗存有偏见。例如，梁启超《清代学术概论》就曾经说过，清诗衰落已极，吴伟业之靡曼，王士祯之脆薄，袁枚、蒋士铨、赵翼，臭腐殆不可向迩，龚自珍、王昙、舒位粗犷浅薄。稍可观者，反在生长僻壤之黎简、郑珍。直至末叶，始有金和、黄遵宪、康有为，元气淋漓，卓然称大家。[①]文廷式、金天翮、章太炎等对清诗之衰也异口同评。[②]当时只有三十几岁的青年陈友琴，认为这样的定位不公正，也不够全面。清朝从顺治入关至1912年覆亡，前后268年，诗人辈出，并非只有梁启超所说的几个大家。“除钱谦益、吴伟业等而外，王士祯绝句，自应首屈一指，秦淮杂诗，众口所传。并时作者，如查初白烟波钓徒之章，查德尹燕京之咏与题画之作，赵秋谷阊门口号以及登州之什，朱锡鬯鸳湖之歌，各引一端，同声相应。蒲松龄《告灾》、《田间口号》、《蜚虫害稼》诸作，关心民瘼，尤为难得。乾、嘉以还，则有随园读史，心眼入微；瓯北论诗，品评出众；樊榭悼亡，缠绵悱恻；仲则怀人，风神宛肖，都算得是上品。至于蒋士铨的婉约，严长明的孤高，杭世骏的豪放，地位还在其次。其他若郭麐、王昙（仲瞿），亦擅长斯制。王文治、钱大昕，不无逸响；龚自珍（定盦）、黄遵宪《己亥杂诗》，皆为士林传诵。晚清谭献、文廷式、苏曼殊等亦多佳作。”[③]陈友琴认为清诗研究是一个薄弱环节，要正确评价清一代诗，清一代

①见梁启超《清代学术概论》，上海古籍出版社，1998年1月，第101～102页。

②参见羊列荣《20世纪中国古代文学研究史·诗歌卷》，东方出版中心，2006年1月，第524～526页。

③见陈友琴《千首清人绝句》弁言，浙江古籍出版社，1988年5月。

诗人，只有掌握全部的材料，细心研究，科学分析，才能得出正确的结论。他刻苦钻研清诗，好像一个地质勘探工作者初进荒山，发现许多奇异瑰丽的宝石那样高兴。他治清诗，既向前人学习，也向当代人学习，力求转益多师，扩大眼界，增广见闻。在上海教书课余之暇，陈友琴常以乡里后生的身份到徐乃昌家里去看书。徐家藏书很多，自费刻书也不少，允许陈友琴出入书房，随意翻阅，尽情浏览。有很多珍本书在外面图书馆是看不到的，这就丰富了他的版本学和目录学知识。陈友琴拿清诗和唐诗、宋诗对照起来研究，认为唐人绝句以神韵胜，宋人以清新胜，清人神韵兼清新。当他钻研清诗的时候，了解到宋人洪迈编过《万首唐人绝句》，清人严长明编过《千首宋人绝句》，而清诗绝句则没有人编过，于是立志填补这一空白。陈友琴的《清人绝句选》被当时的学人认为是：给古典文学界注入了一股清新的风。[①]这部诗选，选了五绝作家110名，七绝作家262名，将近400名清代诗人，1000多首绝句。选编在一卷，可粗略地看出：清诗（至少是清代绝句）不是“衰落已极”，而是大昌；不是清代没有好诗，而是如近人王西神（蕴章）所云：“皎如明月清如雪，云水光中洗眼来。”

1936年1月，陈友琴的第二部游记文集《萍踪偶记》，作为“创作新刊”之一，由上海北新书局出版。详情请见笔者《萍踪偶记》一书之前言。1949年4月，经当时的杭州地下党党员介绍，地下文化工作委员会审查批准，陈友琴加入中国共产党，成为候补党员。1949年5月，杭州解放，陈友琴参加了谭震林等主持的会师大会，随后作为军事管制委员会代表，参加了接管浙江杭州师范学校的工作，成立校务委员会后，任副主任委员，这是他有生以来第一次担任行政职务。改校长制以后，

①参见陈振藩《陈友琴和〈清人绝句选〉》，《图书情报工作》1984年第4期。

他又被任命为副校长。1950年，参加中国教育工会。秋，参加杭州新文艺工作者协会，被选为委员。1952年，参加杭州市委举办的党员训练班，学习了三个星期。1953年3月6日，由中国共产党预备党员转为正式党员。[①]最初，杭师校长由教育局局长郭人全兼任，陈友琴与之配合得很好。不久，浙江省教育厅委派吴容专任杭师校长，她的作风很不民主，陈友琴与这位女校长难以共事，于是写信给北京大学的吴组缃等朋友，别寻出路。吴组缃向何其芳介绍，但1953年7月，中宣部还未下调令，浙江省教育厅已委派陈友琴至临安县，任草创中的杭州幼儿师范学校副校长兼语文教研组组长。在这几年里，新生的中华人民共和国克服重重困难，恢复了解放前夕趋于崩溃的国民经济。接下来，开展了土地改革运动、镇压反革命运动、抗美援朝运动、增产节约运动、知识分子思想改造运动、[②]“三反”、“五反”运动，这五大运动巩固了人民民主专政，为有计划地进行社会主义革命和社会主义建设准备了条件。毛泽东豪迈的预言得到证实：“我们不但善于破坏一个旧世界，我们还将善于建设一个新世界。”1952年当国民经济恢复工作结束后，党提出了过渡时期的总路线，公布于1953年9月25日《人民日报》。根据总路线所规定的总任务，从1953年开始，执行国民经济发展的第一个五年计划，大规模有计划的社会主义建设于是开始。作为要求进步的新党员，陈友琴积极参与镇压反革命、抗美援朝及《批判武训传》等运动，还在《浙江日报》发表诗词颂扬抗美援朝。

1953年11月，在全国实行高校院系调整一年左右之后，陈友琴

①据陈友琴1953年10月5日所填《中国共产党党员登记表》。

②历史性的记载见王文《建国初期的知识分子思想改造运动》，收入《中华人民共和国专题史稿》卷一，四川人民出版社，2004年4月。文学化的回忆见杨绛《洗澡》，北京三联书店，1988年12月。

奉中宣部之调，依依不舍地离开浙江临安杭州幼儿师范学校，北上就职于北京大学文学研究所（即后来的中国社会科学院文学研究所）古典文学组，从此一调而未动，一直在文学研究所从事研究，直到退休和去世。限于篇幅，陈友琴先生的这部分经历，笔者将在《萍踪偶记》一书的前言中介绍。

最后简要介绍《川游漫记》。

1933年12月至1934年，陈友琴任中央通讯社上海分社记者、编辑。其间，1934年1月至5月，以中央通讯社特派员身份参加川康考察团，考察当时的四川省和西康省，回来以后，在上海《民报》连载了《川游漫记》《川北视察记》等专题报道。1934年10月，结集为《川游漫记》，由南京正中书局出版，是他的第一部游记文集，也是他第一部正式出版的书籍。该书由国民党要员楚伧题写书名。①全书

①叶楚伧（1887～1946），原名宗源，字卓书，以笔名楚伧行世，别署小凤、龙公等。江苏吴县周庄镇人。1909年参加中国同盟会，主持《中华新报》（后改为《新中华报》）笔政。1911年10月汕头光复，被推为潮州府长。1912年中华民国成立后，先后在上海创办《太平洋报》。1916年，与邵力子合办《民国日报》，任总编辑，积极宣传革命，抨击袁世凯称帝，兼任复旦公学中文系主任。1924年1月，被选为国民党第一届中央执行委员，任上海执行部常务委员兼青年妇女部长。1925年参加反对孙中山联俄联共政策的西山会议，被选为西山会议派的国民党中央执行委员会常务委员，1926年国民党二大停止其《民国日报》总编辑职务。北伐战争开始后，任职于蒋介石总司令部。1927年参加"四·一二"事变。南京国民政府成立后，任国民政府委员、国民党第二届中央特别委员会候补委员。1929年后，被选为国民党第三、四、五届中央执行委员、常务委员和政治委员会委员，先后任江苏省政府主席、国民党中央党部宣传部长、秘书长、中央政治会议秘书长。1935年任国民政府立法院副院长。公余兼职文教，创办《文艺月刊》，编印《文艺丛书》、《读书杂志》。抗战胜利，为江苏宣抚使。1946年2月15日病逝于上海，公葬于苏州木渎灵岩山。有《世徽堂诗集》、《楚伧文存》及小说《古戍寒笳记》、《如此京华》、《金阊之三月记》等。

收入《江行初写》《汉皋流连》《雪深水浅到宜难》《用“民主”力量到四川去》《荆沙上溯过宜昌》《惊心骇目上新滩》《高唐夜月宿阳台》《巫山县长说巫山》《夔万一瞥》《忠酆过了到巴渝》《抵渝以后》《北碚镇与温泉峡》《成渝道上》《在成都》《灌县与郫县》《离蓉之前夕》《向川北进发中》《长路关心悲剑阁》《昭化与广元》《阆中与南部》《潼川道中》《归途》等22篇游记。书中有插图多幅，书后附有四川银行业之调查、四川复杂币制种类表、四川之大宗出口贸易调查。这部游记后来令四川籍作家和学者赵景深（1902～1985）先生都十分叹服。1936年3月，南京正中书局出版了第三版。

以上主要介绍了写《川游漫记》一书的作者，至于《川游漫记》本身的特点和优长，读者诸君当自有卓识，笔者就不再饶舌了。

本次整理《川游漫记》所用底本，是中华民国二十五年（1936）三月南京正中书局第三版的版本。

# 目录Contents

# 001~004

# 第一章　江行初写

# 1.

# 江行初写

当余参加杭江铁路通车礼归来，未及五日，沪记者又动议组织一川康考察团赴川康考察，余得以中央社特派员名义参加，川游之志得以偿遂，不胜忻忭。窃尝以为不出游，不足以见我国之伟大与可爱，譬如家藏宝物，必须常摩娑观赏而后能知其珍贵所在，起其眷恋之情也。世多不先看国内而漫游国外者，结果于人甚明，于己甚昧，欲求有补时艰，难已！不学无术如余，此次被派入川，无异滥竽充数，若云考察，实愧不敢承，只欲聊借游览，增广闻见，并藉以明了我国内地情形耳。

二十三年一月六月晚七时许，川游同人在上海新闻报馆开会，到顾执中（《申报》代表）、章先梅、陆诒（《新闻报》代表）、唐惠平（国闻社代表）及予。决定组织规程及游历程序等项，并定即夜一时，上四川民生实业公司之永年轮，约于二马路外滩相候，同坐小汽船过江，至浦东上轮，后临时又加入王开照相馆派来之王振寰君，吾人既准时过渡上轮，住特等舱，布置极为雅洁。俟送别之人先后离轮，乃即觅睡乡，以息数日来之疲瘁。昧爽，出吴淞口，风浪甚大，船身震撼，迨予从梦中惊醒，始知已至通州矣。在大菜间用早餐时，经理谢萨生君前来周旋，据云永年轮为意大利工程师设计，去年十月间始重新改造，整洁华美，为川轮冠，前中国科学社社员赴川开会时所乘之“民贵”号，大较永年等，但不及永年之设备周到也。永年轮因与意方契约未满，故仍悬意旗，但民生公司亦仅此一船悬意旗也。船长意人，另有意兵十五人，藉资保护客商之安全。船行速度，每小时平均为四公里，若自重庆东下，下水流急，只须一星期可到沪，现因冬令水落，故仅至宜昌为止，须另改船入川，预计达宜昌，至少亦须九日也。民生公司共有船二十六只，现上海宜昌间，只三只行驶耳。船上搭客及载货，均不甚多，因长江方面，有三公司之轮只，开航有定期，客商以为便而趋之，本轮因无定期，故营业不无影响也。

七日夜雪，八日晨雪止，大雾，汽笛鸣不已。船至距南京四十里许，雾大不能行。予卧闻轮役扫雪声，起见红日自地面冉冉升，江面白雾迷漫，片片风帆自雾中行，忽隐忽现，有时水天一色，远处帆影，几欲凌白云而上天矣，白鸥无数，回翔波面，日色由红而白，射江中闪万点金光，如锦鳞翻腾，奇趣横溢。两岸白云皑皑，覆沙没草，树影迷离，疏密有致，农家三五，初起炊烟，远处之山横白雾若玉带然，须臾而钟山现其真面目，淡淡晓妆，倍觉可爱。惜余非倪云林，不然，此一幅云山苍苍江水泱泱之画，必足以价重鸡林，使艺人陶醉也。予独在甲板上默赏约半小时之久，时同人均在睡乡。迨日高三丈，船复启碇，十二时许，始抵南京。

一月八日傍午，开赴四川之永年轮，甫抵南京，泊煤炭港，有小划船载运川子弹来，共数百箱之多，一时邪许之声大作。午后一时，浦口方面有平沪通车载火车二十一节置轮渡上过江，船身甚长，火车作三行并列，每列七节，初横行江面，次乃徐徐泊煤炭港，过铁桥上岸，载车之渡轮，船身有“长江”二字。三时许，复有平沪车自下关开赴浦口，仍用该渡轮过江，于以想见我国交通事业之进步。

迄下午六时，船始启碇离京，黑夜漫漫中，兼程而进。灯下枯坐无俚，取四川地图研索之，同时自箧中取出杜诗，拟绘一杜甫由洛入陕，由陕入川，及其在川行踪，后复由川出峡下湘岳之历程图。以解岑寂。自觉颇为有趣。可供有志于文学及史地沿革者作参考。夜十二时始卧，风声水声，与机轮轧轧声，打成一片，聒耳难眠，念此时当过皖境矣。予祖籍姑熟，“谢朓青山李白楼”，早岁均已酣游，此次唯在梦魂中仿佛遇之耳。

芜湖已于深夜时经过，九日晓，过池州（即贵池县），弱冠时，执教鞭于该地省立五职中学，青溪、齐山、杏花村、文选楼等处，给予之印象极深。十一时到安庆，见二龙山（大龙眠小龙眠）积雪如画，迎江塔高耸入云，纵眺久之。嗣乃进舱，继续昨夜未完之工作。洎乎暮霭苍茫，船入赣境，由马当山进至小孤山，小孤奇峰耸秀，略似当涂之东梁山，而山容整峭，则远过之。山腰山顶，均有寺宇，江水涨时，全山为水围绕，一如镇江之焦山，今届冬令，潮涸山枯，已独依北岸矗立矣。次过彭泽县，县址三面倚山，一面临水，山头雉堞，宛若游龙，攀援而上，于以见古人防御法之笨拙也。唯吾人今日过此，蓦忆不折腰之陶令，其流风遗韵，弥足兴吾人之怀思焉。

计自京启碇以来，沿途未停，乘风破浪，速度倍增。十日又遇风，叩之船员，知昨夜已过九江，今日午刻十二时至一时间可抵汉口矣。蜀云在望，实行游览川康之时期与目的地，日益迫近，吾人心境中大有希望即在目前，若不胜其忻慰之状态者。顾章陆三君，且在大菜间中，载歌载舞，权借方丈之地，作演习舞蹈之场，惜座无音乐与舞女，未免有“无声无色”之叹！

正午十二时抵汉口，“江行初写”稿，至此告一段落，以下将开始自汉赴川之途中记载矣。

# 005~009

## 第二章　汉皋流连

# 2.

# 汉皋流连

一月十日午后，永年轮到汉口，泊飞机码头。码头有宜昌来之邮航机一架，停水面。本团团员六人，在甲板上合摄一影，略用午餐，即相偕乘小舟，登岸。飞机码头距汉市中心尚远，予先驱车至邮局，发航空快件二，私人信件七。再坐人力车赴交通路保成里中央通讯社武汉分社，取得总社领寄之交通部电报执照，并托分社拍无线电一通报告行踪。次至江汉路访武汉日报社社长旧友胡伯玄君，询诸办事人，知胡君因事返里，不胜怅惘，乃往华清池就浴，购《武汉日报》及《武汉新闻报》各一份阅之。浴出再赴交通路购杂物数事，时已六时许矣。以风大天骤冷，江面浪恶，入夜回船不便，乃雇车返。比抵飞机码头，见重庆又来邮航机一架。上船后，侍役进以川中二十九军军长田颂尧代表黄骏之请帖，席设中山路悦来川黔酒楼，时间为六点钟，以时晏，未赴。

汉口街市整洁，予由日租界而至业已收回之英租界（今为特别区），恍如身入广州市，一路建筑物均甚佳。日租界站岗警士多为华人，电线杆系铁制之空心架，与沪上之用木料者不同。予所经过如江汉路交通路花楼正街各处店面极盛，唯生意冷落，家家大减价之情形，一如沪上，商业凋零，民生憔悴，几有全国一致之概，诚国家前途之殷忧也。人力车价较上海便宜一倍而有余，付以上海通用之银角子不受，因汉上多用豫鄂皖赣四省农民银行发行之角票也。至于铜元，则用如华北之廿文一枚者。长江一带之铜元，愈到上江愈大（四川竟有一枚当五百文者，其大远过银元），愈到下江愈小，亦趣事也。予在浴室中闻侍者告予云："近来汉口百业衰落，即浴业亦不易维持，汉口无上海之按摩院，女浴室则有一家，名美丽，但男子绝对不能进去。"在彼之意，竟以为上海均可男女同浴也者，可发一噱！

十一日，船离汉西进，行至鄂属之新堤，水浅只六尺，本轮吃水须八尺六寸，相差二尺半。宜昌海关来一领港船名引洪者，在新堤游巡，警使永年勿西开，以免搁浅。是夜遂泊新堤附近之江中，同人大懊丧，尤以顾君执中为甚。盖伊在最近期内拟折返沪上，即作欧洲之游也。并计划自成都坐飞机飞沪，必在二月以前赶到，此议予在黄浦送别时，微闻伊向其夫人称道如此，今见其懊丧之情，乃作打油词一阕以调之，《调寄浪淘沙》：

意欲驾飞机，去见娇妻。前宵送别怨分离，再四叮咛早到沪，同上欧西。

水浅搁新堤，淤了沙泥，这头汉口那头宜，如此执中行不得，独为情啼。

示之同人，皆失笑，此词聊借以破客中苦闷耳，将不免为词家正宗所诮。

十二日晨，船自新堤折回汉口，予以看山愿切，今不幸因此而愆期，亦惘惘然若有所失，得七绝一首以志之：

望山若渴未疗梅，何处瞿塘滟滪堆！怕是峨眉悭见客，故生波折教人回。

永年轮于再度返汉时，本拟送吾人上由沪开来之民贵轮西上，不料民贵轮载货亦复不少，乃决用划船一大只随轮行，以便于浅水之处，将本轮所载之货卸于该划船上，拽之以行，民贵轮亦采用同样方法，于是吾人又再度乘永年轮离汉西上矣。唯据谢经理声称，本轮须至十三日下午始得成行，十三日上午无所事事，择暇作武昌之游，九时起，乘小舟登岸，坐黄包车赴江汉关轮渡口，以大铜元十枚购渡轮票一纸。该渡轮每小时中开行四次，稍候片刻，即向对岸驶去，既至武昌，先拾级登黄鹤楼及纯阳楼之旧址。楼改西式，不伦不类，殊为扫兴。予往者读谪仙集中关于黄鹤楼之佳作，梦想久矣，讵知一片美丽之幻境，至今日乃打碎净尽。唯浩浩长江，烟波飘渺，其壮伟当不减于当年。偶成一律云：

费祎黄鹤眷游人，召我重回汉水滨。江上白云仍蔽日，楼中玉笛早摧薪。蛇行大陆登临感，蜀道如天怅望频。便欲乘风巫峡去，三巴万里着吟身。

楼中今设茶座，予掉首未顾，至濒江白塔前凭眺久之。白塔略仿北平北海公园中之塔式，以白石砌成，但其小仅足及北海白塔之什一耳。楼址后傍有石碑亭，亭中竖所谓衡岳禹碑者一，盖赝鼎也。再后为奥略楼，及尚未塑成之先烈黄克强先生铜像基址（据本日《武汉报》载，铜像已自沪运到，不日可塑成）。次入吕祖庙，见所谓道教会附设其中，匆匆出，循蛇山脊背行，登高一望，武汉三镇，了然在目，汉阳之龟山及史地上驰名之晴川阁、鹦鹉洲，亦一一如绘，经过南鼓楼，而至抱冰堂，堂中供张之洞神位，傍另一建筑，为心旷茶室，亦高悬之洞遗像。其上为十桂楼，楼空无人，以非丹桂飘香时候也。循石阶下，迨出门，始知此处已改为抱冰公园。园门前雇人力车，绕市一周，拟至珞珈山参观武汉大学，以路远时促，不果行。武昌官厅及学校甚多，市况不佳，予经过一处，正在大拆房屋，改筑马路。比车抵江口，仍乘渡轮，循旧路返船。进午餐时，闻船于下午三时西上，斯时汉口有中国边疆文化促进会代表刘斯达君，加入本团，赴川康考察。

# 010~011

## 第三章　雪深水浅到宜难

# 3.

# 雪深水浅到宜难

同人既陆续登轮，乃复鼓轮西进，拽大划船一艘并行。傍晚，过金口镇，有山临江，亭楼翼然，为武汉人士游憩之所，距武汉仅三十里之遥。夜幕既张，吾人又于轧轧声中入睡。十四日大雪，过新堤，水浅，又不能行。梦中闻钬钬铮铮金铁皆鸣之声，起而视之，知本轮上所载之川北铁路公司钢轨条一千八百余件，一一自舱下搬掷于划船上，俾货卸载轻，可望安然渡过。是夜辗转不能成寐。十五日，雪愈大，两岸一白无垠，水面复笼雾，船不能进。北风凛冽中，雪花如搓絮扯绵然，甲板上厚积数寸，各轮停驶，栉比相连，在永年之左为其春，在永年之右为民贵，主客互相过从，一若将在此间稳度旧历年关者。板桥词中所谓“舟人稳坐客人叹”，此时此境逼近之。予念若趁此雪花飞舞时，驶入三峡，不将搜尽天地雄奇耶。惜乎不能，呼舟人问之，此处距湖南岳州之城陵矶，尚有九十里也。

由永年轮经理与民贵轮船主协商之结果，于十五日之夜，将永年所载之货（除一部分已由小轮拖去外），全数运上民贵轮，以便永年先驶赴宜，于是夜间运货工人“邪许”之声又大作。十六日晨，货既卸尽，永年轮于侵晓时鼓勇西驶，开足马力，冲风雪破泥沙而上，不料行未半里，力无所施，前途障碍重重，又只得仍退回旧泊之地。十七日两船主又有新决议，决定将所有货物，再自民贵运回永年，永年返汉，让民贵勉为其难，因此吾人在势不得不大搬其家，而吾团中之顾执中君，入川心急，乃拟由汉乘飞机先赴重庆。

# 012~015

## 第四章　用“民主”力量到四川去

# 4.

# 用“民主”力量到四川去

十八日拟由永年轮移上民贵轮，后因民贵轮货物虽已卸，吃水虽较浅，仍不能直开重庆，仅至宜昌为止。幸此时四川民生实业公司，有“民主”号自重庆驶来，三船经理（永年谢萨生，民贵刘润生，民主张桐溪）会商之结果，永年轮开回上海，民贵轮卸货后仍开宜昌，民主轮以吃水既浅，轮机又好，决载吾人赴重庆，该船所运出之货物如桐油等（四川出口货物，他项皆渐减少，而桐油仍为大宗），用铁划船装竟，随永年轮赴汉。是日下午三时许，同人等各携轻装，乘渡轮改登“民主”，从此吾人可藉“民主”之力量直入四川矣。

先是，本团顾执中君，因下月有欧西之行，不能久事耽搁，于十七日之夜，由民生公司，专差小轮一只，送顾君赴城陵矶，至岳州，乘火车赴武昌，将由汉乘机赴重庆，为本团先事部署一切，彼拟即由渝飞沪，再谋作出国计。顾君即与吾人道别，予等乃各以航快信件托伊携至汉发出。本团六人，俟到成都后，将分两路，第一路为章梅先、刘斯达及予。路线为自成都赴昭广剑，再由阆中转南部三合，仍返重庆。第二路为陆诒、唐惠平、王振寰三人，路线则自成都经雅安到康定，赴乐山，过宜宾，泸县，回重庆。议既决，吾人唯有静俟民主先载吾人到重庆耳。自十一日到新堤阻浅，发生意外，海关除一度通知，迄无相当办法，若早有挖泥之机轮，在新堤工作，最多不过一日工夫，即可让各轮通过，因阻浅之漕口，仅二十丈余也。扬子江水利委员会，当亟谋救济长江上游之交通，不然，前途障碍日多，恐将来之困难，更甚于今日。至于目前各家轮船公司所受之损失，尤其小焉者也。吾人自上民主轮后，直至二十一日晨，船始西上，总计在新堤耽误十日之久，每日枯坐船中，无以自遣，亦不能上岸，作较有意义之活动，徒唤奈何而已。民生公司各船之设备，甚为完善，事事为旅客谋安全与舒服之方，固不仅优待吾人而已。对于其他客商，亦复照料周到，即如普通客不需买铺钱，并有佐食小菜，此二点已非长江其他轮船上所可及。至于生活上一切所必需，民生公司各轮，皆可供给，且有图书备阅，有各种音乐器具，供客玩弄，使旅客在船上，不感寂寞之苦。记者所见之永年、民贵及民主三轮，莫不如是，可以推知其他，足见民生公司办事人之认真，其进取精神，能令人钦佩也。

十九二十两日，民主仍在新堤附近停泊，无事觅船上人闲谈川中各事甚详。有二点颇饶兴趣，足为吾读者告。（一）“神沙”。据云，川江中多沙之处，常见有一种神沙，包围船只，阻碍船只前进，此种沙每突如其来，必以多量之米洒投江中，沙始退避，故舟人谥之曰“神”。其实以予理想推之，系随流激荡而来，沙质轻而浮，故能裹舟使勿行，米质重于沙，压之，而沙沉降，舟人无知，可笑也。（二）“雪弹”，据谓向西康去之途中，天气甚寒，风势吼急，行人不能大声说话，若语气过高，或一声长啸，即有大雪弹子迎面打来，百无一爽，此种现象亦可怪，容当俟本团中人实地试验，再为读者告（此事确有之，西康高山，空气稀薄，一遇大声震荡，即雨雪交加，虽未必专为击人，但发声之处，雪势必较大）。

二十晚，独倚船栏，看新月初上，离愁忽起，填“唐多令”一阕寄远。

天外幕云遮，横舟停浅沙，照疏灯渐没西霞，风动湘波愁绪起，有新月，一钩斜。迥不见三巴，远征烟水涯，九霄寒雪映枨纱，书嘱伊人休梦远，候春到，且还家。

在新堤住九夜，预计川游期至少须二三月之久，故词中言之如此。

二十一日晨，民主轮自新堤启碇，午前过城陵矶，衢市楼塔，远远可见。自此再十五里，即岳阳，洞庭湖所在地也。入川之船，自此斜驶入歧流，江面陡窄，且蜿蜒屈曲特甚，船唯于白昼行驶，入夜必停。灯下看《东方杂志》三十周纪念号顾颉刚《明末清初之四川》一篇，亦了解四川重要文献之一也。

# 016~018

## 第五章　荆沙上溯过宜昌

# 5.

# 荆沙上溯过宜昌

民主轮既抵沙市，时为二十三日午后二时许。沙市商务尚称发达，对江为公安县，产棉花甚多，荆州（即江陵）亦相距匪遥，沙市滨江最近，故汇为重镇。市上道路平坦，墙头多第十军政治部宣传标语，宪兵巡逻颇严，有洋车，有戏馆，并有飞机码头，本团各团员登岸，发出邮件，即匆匆返轮。四时开船，过荆州虎渡口、松滋、枝江、宜都等处。宜都县址最佳，局势开阔，群山远抱，名曰宜都，允为不愧。查宜都为七国时楚之旧都，上通巴夔，下达荆鄂，楚不能取蜀，蜀巴相继为秦所夷，秦兵由巴出，楚都遂仓皇北徙，其在楚之地位如此，汉武帝伐西南夷，路由此出，遂更名夷道县，至昭烈帝始改为宜都郡，令张翼德为宜都守，陈始改为县。二十四日垂暮到宜昌，泊美孚油栈附近，距市面甚远，予等即登岸，雇车入市，市面较沙市为大。对江诸山雄峻，轮舶停水面颇多，太古及捷江两公司颇占优势，尤可异者，纸烟广告，触目者无一非哈德门，及红锡包，大山腰“仁丹”二字，方可数丈。而国货之广告迄未一见。夜间电灯极暗，街上生意冷淡，操湖北口音之妓女甚多，沿街拉客。黄包车夫，多来自农村，不识市中途径，价较汉口更贱，一角钱可兑八百文，往往数里路代价不满一角，贫农生活之艰虞，经济衰颓之险象，于此已可概见。二十五日在宜昌又停一日，曾雇车环市一周，路过湖北省立小学，入内参观，校舍整洁，办理完善，差足称慰。宜昌本古之夷陵州，汉置为县。夙为鄂西之门户，又当入川孔道，川人商于此者甚众。出口贸易方面：有烟叶、鸦片、生丝、糖盐、牛羊皮、药材、绸缎、水果等物。进口有瓷器、棉纱、化妆品、洋纸等物，但出口各业，景象欠佳，唯鸦片日盛。进口之舶来品，以消耗品为最多，充斥于市场者，举目皆是，其势继长增高，尤可危惧，外人经济侵略，垄断一切，已直入腹心而吸尽骨髓矣，哀哉！

# 019~022

## 第六章　惊心骇目上新滩

# 6. 惊心骇目上新滩

二十六日清晨，自宜昌开，予因今日将过峡上滩，起身绝早，自平善坝以上，晓雾漫山，峰多积雪，曜若天衢。船向溪峡中直驶，回首则层峦迭嶂，几不知船何自而来，过西陵峡及黄陵庙（黄陵庙一名玉皇观，庙祀大禹，山峰巨石，如屏风，其绝顶有石牛，昂首北向，头角宛然）。又有所谓扇子峡者，重山相掩，形如扇子，故名。驶航极快，船身颠簸欹侧，因水流峻急，若不开足马力，则不克上冲。横于峡流中之大矶，有名大洪珠、小洪珠者，不计其数。山麓崩积之崖石或露或隐，暗礁尤多，舟触之靡不粉碎，两崖有海关标明之白粉水尺表，最高者一九五，最低者五尺至六尺之间。

峡中阴晴无定，变化倏忽，云深穴暝，草密山寒，昔袁崧谓："自黄牛峡入西陵界至峡口一百许里，山水纡曲，两岸高山重障，非日中夜半，不见日月，绝壁或千许丈，其石彩色。"以予所见，觉其形容实颇为简尽。鸣汽笛时，回声极大，峡中捕鱼为业者甚多，据船员言，渔人以网舀鱼，一舀辄数十尾，大小不等，不用捕捉。黄牛峡江流曲折纡回，童山濯濯，状如人牵牛，人黑牛黄，古谣云："朝发黄牛，暮宿黄牛，朝朝暮暮，黄牛如故。"昔李白尝引此谣入诗云："三朝上黄牛，三暮行太迟。三朝又三暮，不觉鬓成丝。"即形容此间曲折不易通过也。行至崆岭，山更高，峡更险，水路曲折更多，故最易覆舟，轮船在此沦没者，昔有端生、平福、福源、福来等，全部陷入峡底。入川之轮，七十余只，无一未受厄者，川江中人有谣云："清滩滩难不是滩，崆岭才是鬼门关"，闻之窃为惴惴然。比至新滩

（一名清水滩），盘涡腾沸，滚滚而下，激怒之轮，峻险万状，用尽机器马力，仍被水势打退，不得已，唯有用绞滩之法，绞滩者，峡中居民恃以为生之一种专业也。汽笛一鸣，男妇大小，顷刻而集者，数十百人，亦不知从何处来，撑舟者撑舟，牵缆者牵缆，攀得轮上之铁索，吆喝大拽以去，拽上一大石，绞入辘轳，而轮船乃得势以上，结果共付绞滩人洋一百七十五元以为酬。同时轮上之烟囱，全身烧红，作若裂状，险哉！昔范成大《出蜀记》云："三十里至新滩，此滩恶，名豪三峡。汉晋时山再崩塞江，所以后名新滩。石乱水汹，瞬息覆溺，上下欲脱免者，必盘博陆行，以虚舟过之。两岸多居民，号滩子，专以盘滩为业。"不意此盘滩之业，直至今日尚有甚多人能恃以为生也！事后，予成《绞滩行》一首，录于下：

新滩

船向何方来？竟向何方去？前疑无人踪，后复疑无路！穿破峻岭与崇山，冰雪天衢缭云雾。李云蜀道如登天，我谓今如上瀑布，瀑布一泻势难当，轰若风雷发狂怒！盘涡鼎沸激银花，千朵万头争乱吐。既覆舟兮复撼山，如此逆流不可溯！加煤蒸汽欲鼓轮，烟突烈热红吐炬。万钧机器马力张，到此已全无用处！幸有峡中绞滩人，专业绞滩如摆渡。绵缆铁索众力牵，大石磐磐旋辘轳，若无众力辘轳旋，从知船将抛锚住。纵欲往亦不能留，涌退千里莫可御！人生到此惟努力，不得前瞻与后顾，呜呼此险过来难，得渡此险亦奇遇！

# 023~026

## 第七章　高唐夜月宿阳台

# 7.

# 高唐夜月宿阳台

既上清滩，又数里，山中有村镇，矗立一白塔，闻为纪念第一次开通入川航线之老蜀通英籍船主者。又过所谓牛肝马肺之峡（石壁重叠如茵，形如肝肺，高悬两垛，其色微黄，故云），金盔铁甲之崖（因山层皱劈，或红、或黑，均高大如巨人之盔甲然）。至秭归县，凭吊屈原、昭君之故乡，古今第一伟大诗人，古今第一绝色美人，均产于此，岂非山水灵秀所钟欤！按昭君为秭归县属之香溪人，香溪又号明妃村，杜诗所谓“生长明妃尚有村”者，即此。秭归故周之夔国，楚熊绎始封于此，筚路蓝缕，以启山林。至汉改名秭归，秭音姊，盖屈原有贤姊，闻原被放，亦来归，喻令自宽全，乡人冀其见从，因名秭归。即屈原《离骚》所谓“女媭婵媛以詈余”之女媭，楚人呼姊曰媭，至今原姊女媭庙捣衣石犹存。县北闻尚有屈原旧田，土人至今仍名曰屈田，并有宋玉故宅，诵老杜《咏怀古迹》诗：“怅望千秋一洒泪，萧条异代不同时。”又不禁有感于中。二时到巴东县，巴东，古丹阳地，上接夔巫，当三峡之中，群山合围，江流中激，县治人口甚少，盖所谓山陬僻县者是。船驶未停，遇英船金堂号，美船其平号，双方各以黑板写水之深度相示，并鸣汽笛致敬。次过沙木场，有无渡桥，横跨两山，溪水从桥下泻出，再进，有所谓孔明碑，仰望之，若有字迹累累然。午后，至巫峡，俗称大峡，形如巫字，故名。巫山有峰十二，曰：望霞、翠屏、朝云、松峦、集仙、聚鹤、净坛、上升、起云、栖凤、登龙、望圣，在峡中不能一一见，俗称美人峰者，若观音装束，向峰合十而拜。又剪刀峰，马鞍峰、亦各肖其形，山中人有穴居者，亦有筑室者，闻其上并多水田可以耕种，但均在山之背，面江者，均峭崖千丈，不但无田，且疑无立足之地。沿崖有铁链，系供帆船撑篙背纤之用者。舟行至此，所谓三峡，已窥过半矣。三峡之名称不一致，但普通以巫峡与秭归之归峡，巴东之巴峡，称三峡。亦有以西陵峡、瞿塘峡、巫峡称三峡者。《水经注》云："七百里中，两岸连山，略无阙处，重岩叠嶂，隐天蔽日"者，信非虚语。

巫峡之一

巫峡之二

蜀船无舵，前有梢，长约二三丈，用以泼水，示方向，其作用盖以代舵者，由艄公执掌之，艄公亦称"太公"，示命令，全船人皆信

巫山十二峰

从，摇橹者十余人之多，左右各半，严冬亦赤膊，帆船每得过一滩，辄举酒相庆，至今犹然。过仙女镇时，一飞机掠峰而过，吾等疑即顾执中君所乘，因昨在宜昌曾得伊自成都发一电，谓二十六日到宜，惜相差一日，未能把晤。傍晚，抵巫山县，见南陵山极高，有路如线，盘屈至绝顶，谓之一百八盘。黄鲁直诗云：“一百八盘携手上，至今旧梦绕羊肠。”远望巫峡，岩穴封云，疑人迹不可到然。县城在阳台之下，即宋玉《高唐赋》所谓朝云暮雨之阳云台也。有高唐观、神女祠等遗迹，楚襄一梦，神女荒淫，今日吾人过此，大有“云雨巫山枉断肠”之慨也，唯据宋玉赋云以讽襄王，如玉色瓶以赧颜，羌不可分犯干之语，可以概见。亦不容一切以儿女子亵之。吾人为欲发现奇迹故，六人共得一小舟，入城往观，居人注目吾侪，颇以为异，寻至崇林禅寺，则公安局团务委员会、铲共委员会均在焉。荷枪数人立庙门外，入其内，唯见一乡下人独自拜佛、独自敲钟而已。持名片之兵士出，谓公安局与委员会悉无人在，予等欲访问之热，乃为之冰消，寻县政府，亦未得其门而入，遂颓然返。时月已当空，山笼重雾，乃循沙岸，踏月而歌，声震峭谷，意绪悲凉，此时若有哀猿长啸，定当逼人泪下也。行二三里，唤渡归轮，进晚餐时，巫山县长马嗣良登轮来访，殆得公安局士兵之报告也。

# 027~029

## 第八章　巫山县长说巫山

# 8.

# 巫山县长说巫山

巫山县实为川东第一县入吾人之眼帘者，是不可以不记。马嗣良县长年四十许，自称系北平某陆军大学毕业。并同偕一承审员来，彼到任已数年，民十八年为第一任，民二十年再来接事，故对于巫山之情形颇熟。巫山县人口约二十二万左右，东西二百十里，南北三百余里，方六百里地之大。长江有支河，在县治下，曰大宁，通大宁县。有大镇四，曰庙宇场，曰培沙场，曰大场，曰大溪，共三十三乡，乡各有初级小学一所，城内有女子两等小学，男子两等小学各三所，女小设师范班一级，仅八人，教育经费每年只一万五千元，从屠宰税上收入。县政府行政经费，每月五百三十九元，另有司法费二百二十元，共七八百元之谱。出产方面，量额最多者为玉蜀黍、红芋、马铃薯等。梨子每年亦可卖四万余元，李子每年可卖一万余元，乌桕树甚多，可制油烛，亦生利之一种。居民仍以耕山田者占大多数，操舟为业者次之。妇女荷高脚篮，为卖买者亦不少（记者按：陆游《入蜀记》中，亦有如此记载，足见自宋以来，此风未改）。矿产方面，有银汞、铜汞、铁汞等，煤矿尤多，本人现正从事于铁矿、煤矿之开发。但采铁用土法，成绩不佳，可采百分之六十，煤虽多已出土，苦无销路。另有淘沙金者，现万县有多人来此淘采，但每日仅得一二分，共产党因巫山不足为根据地，未尝来犯。土匪亦不见踪迹，盖以此间地瘠民贫之故也。本县有团务委员会，委员长由县长兼任，另有副委员长一人总其成，设委员二人董理团务，至于公安局，挂名而已。关于风俗方面，有三点特异者。（一）男女在三四岁时，父母即为之订婚，下聘礼，自下聘礼后，女儿衣服，即由男家担负制与之。（二）兄弟共妻制。既嫁之女，夫死后，有兄则为兄妻，有弟则为弟妻，全县人民，均视为天经地义，实亦最经济之办法也。一笑！（三）抢亲之风甚为盛行，湖北边境，常有来四川边境抢女子者，巫山亦不免遭殃，闻鄂边男多于女，故常有此野蛮举动。其实巫山亦男多于女，故男女婚媾问题，在此间实甚为严重云。谈毕兴辞去。

# 030~033

## 第九章　夔万一瞥

# 9.

# 夔万一瞥

二十七日晨，船自巫山开，过风箱峡，崩崖裂石，壁立千寻，仰视苍天，有如匹练，真所谓“天窄壁面削”者也。船主告予云，此崖崩陨之处，曾毁一轮船。再过为孟良梯，俗称小说书中之孟良，能由此绝壁登山，故名，又见石壁上有“宋朝中兴碑在此”之字样，因而崖均作赭色，亦号赤甲山。更前即最出名之瞿塘峡滟滪堆，此处亦极峻险，谚云：“滟滪如象，瞿塘莫上；滟滪如马，瞿塘莫下。”峡中舟人以为水候，经赤甲山而至白帝城，白帝城在山腰，大厦连云，一一可见，山巅亦有亭楼，吴佩孚昔驻之洋房，亦巍然在望。按白帝城即永安宫，以刘备晏驾托孤之地，故有名，实则古为鱼复国，公孙述初至鱼复，见白龙出井中，因改鱼复为白帝城，拟师武王白鱼跃舟之故智也。上三里为鱼复浦，有孔明八阵图遗迹，八阵图以小石堆成，其义为天、地、风、云、雷、虎、鸟、蛇八字。再上一里，即臭盐碛，冬季水枯，沙洲现出，盐水浮于洲边者甚多，居民就洲上筑茅舍，砌土灶，取水置锅中，煎干即成白盐，盐舍约百余家，家家屋顶白烟迷漫，盖正在煮盐时候也。次至夔州（即世所传之夔门也），即今奉节县治（按奉节之名，始于唐，以其奉山东道总管节制也）。奉节在高阜上，人烟甚密，危楼高阁，想见工部当日拥鼻长吟之概。唐书载，夔州、奉节、云安（即今云阳县）皆有盐官，其俗以女当门户，多贩盐自给，今犹如此，惜未能登岸作一度之调查也。至于所谓八阵图者，在川共有三处，一在夔，一在弥牟镇，一在棋盘市，有水八阵、旱八阵之分，夔之八阵盖水八阵也，其实八阵图在今日已毫无

夔门之一

夔门之二

价值可言，不过供后人凭吊之场耳。过云阳县址，两山夹江，四时多云，而城适当山水之阳也，诵“峡里云安县，江楼翼瓦齐”之诗，始觉古人写景之逼真。对岸有张桓侯庙，甚壮丽。次过兴隆滩，水势更急，因有大石横中流，声如雷鸣。幸机力足，未绞滩，据《峡程记》云，峡中共有四百五十滩之多，当不及详为记载。下午六时到万县，万县在万山中，市衢筑于各大小冈峦上，为宜昌、重庆间最繁盛之商埠。吾人雇小舟先至中原公司油栈，访单经理，拟叩以桐油出产及销场之概况。惜为时已晏，未遇。次驱车入市，过万安桥，至扬子街口中原公司营业处，仍未得与单君遇。乃嘱该公司办事人转语单经理，代为搜集各种统计材料，以备回万县时再来领取。兴辞出，游览市面，马路阔而平，商店建筑，多四五层者，大有汉口之规模。市面所售，以洋货为多，国货几绝迹，可叹也。至无线电报局发一新闻电，报告本团之行踪。仍乘舟返船，江雾极大，对面不见人，辉煌灯火，密布于高阜之间，几疑尽为天上之星辰。淡月悬空，波心恬静，倚栏眺望，直至更深始睡。天微明，闻鸡鸣声，醒，枕上得七绝一首："灯火楼台依万县，星霜月雾浴孤城。中流砥柱人何在，起听山鸡第一声。"万县为发生惨案地，不知举国同胞，已淡然忘之否。万县本汉朐䏰地，蜀汉改名南浦，梁名万州，后周名万川郡，唐宋复名万州，明改县，一名万户城。民国十五年九月五日，英舰开炮击县城及南津街，毁坏商店民居千余家，死七百人，伤千余人。

# 034~035

## 第十章　忠酆过了到巴渝

# 10.

# 忠酆过了到巴渝

二十八日晨，船自万县开，山雾益重，天气温和，两岸山田，齐放青色，得五律一章："入峡行千里，悬崖急水间。有林皆掩雾，无县不依山。斜日峰移影，孤云鸟渡关。高原芳草绿，一夕送春还。"本日过忠州，忠州本巴地，始曰江州，汉末，刘璋使严颜守，为张飞所擒，颜曰："有断头将军，无降将军。"飞怒，命斩之，颜色不变，曰："杀即杀，何怒耶！"飞壮而释之。由此忠烈表著，州因以名，民元始改忠州为忠县。又明末忠州人秦良玉平奢崇明之叛，又与流冠张献忠抗，崇祯帝旌其功，有诗云："桃花马上一红颜"，良玉真巾帼英雄哉！忠县有人口约卅万，县境内之山九倍于田，近年盛种鸦片，驰名全国之榨菜，以此地所产为多。次过酆都（因俗崇迷信，故世归鬼域），境内有冥王庙，祀十殿阎王，媚鬼神者常托辞以取财，如四方所争购之"路引"，必以有酆都城隍之印者为验。甚且谓街市交易往来所得之钱，必投水盆以验真钱与否，盖恐有鬼钱乱真也。可笑之至。夜泊汤团石，二十九日过涪陵长寿等处，午餐前，民主轮职员及船役演习消防，演毕，本团约船主翰瑞士经理张桐溪，副经理卢君，雷大副林机长等，在船头共摄一影，以资纪念。下午五时许，抵重庆。

**附：由宜昌水行至重庆道里表**

| | | |
|---|---|---|
| 宜昌二百二十里 | 秭归县九十七里 | 巴东县一百五十八里 |
| 巫山县一百二十九里 | 奉节县一百八十里 | 云阳县一百八十里 |
| 万县一百八十里 | 忠县一百二十五里 | 酆都县一百三十里 |
| 涪陵县一百二十二里 | 长寿县一百七十八里 | 重庆。 |

共计一千六百九十华里。

# 036~044

## 第十一章　抵渝以后

# 11.

# 抵渝以后

吾人所乘之民主轮，于一月二十九日下午到重庆。船泊巴县对江狮子山下民生公司码头，该处又名玄坛庙。入口时，即见弹子石（地名）日本海军司令部所在地，闻日人最近又在渝作商业上之活动。此间于“九·一八”、“一·二八”二役以后，颇收抵制之效，今日商卷土重来，规模扩大，奸商且从中活动，恐不久又将冲破藩篱，无从塞此漏卮矣。船既泊埠，见岸上有大石上书“字水”二字，其上为涂山及南山，亦有大字标识。山麓有新式建筑物甚多。

重庆三面皆水，作半岛形。东南临长江（即扬子江，又名白水），北临嘉陵江（由合川来，又名阆水），江北岸为江北县，其西则由陆走邻近诸县如壁山、铜梁、大足、永川等。按重庆在周为巴子国，秦置巴郡，汉末刘璋改为永宁，晋更巴都郡，隋唐渝州，唐南平郡，宋恭州，后名巴州，升重庆军节度，以其地介绍庆、顺庆之间也，明改府，又置为巴县。今重庆为市，而巴县县政府仍在城内。巴字之义，盖指水流曲折作巴字形也。城内外人烟稠密，据二十二年度调查，户口，共五四七五八户，人数，共二八〇二九九人。街市高低不平（因依山筑城），但建筑颇多雄伟，交通器具，有最新式之汽车，行新辟之马路上；亦有最古式之肩舆，行上坡下坡之狭道中，俗有“好个重庆城，山高路不平”之谚，因此办理市政，颇感不易。倘模仿香港而为之，亦可使跻于世界美丽都市之一也，是在川人之自为耳！（现任市长为潘文华，市政府秘书长为石体元。）

二十一军政务处处长甘绩镛氏派代表周宪民招待，偕来者有重庆各报社记者及川江航务处、民生公司、川江旅行社职员多人，表示欢迎之意。彼此略事寒暄，同登民约小轮渡江，至朝天门码头登陆，住大梁子公园路青年会。青年会设备甚周，有中西餐馆、浴室、球场、图书室、阅报室、电影馆、弹子房等。下午有《大江日报》及《济川公报》之欢宴，席设永年春，夜川江航务处处长何北衡君来访，谈川中各况甚悉，并规定同人在重庆游览及参观之程序，决在重庆住三日，二月二日赴北培，四日返，五日赴内江及自流井，然后往成都。

三十日阴霾多雾，寒气逼人，几与江浙最寒冷之气候仿佛。据重庆人云，此种寒冷气候不常有，雾重则为惯见景象。午刻雨，访二十一军政务处长甘绩镛（字典夔）及四川善后督办署参谋长郭昌明（字文钦），谈关于军政各事甚详。本日赴渝市各报社公宴一次，新闻记者协会筵一次，一在青年会，一在四风会。外间有组织的记者考察团到川，同人等实为第一次，故渝市同业，倍示款诚，使吾人有宾至如归之乐，极为可感。在青年会席终时，并有川剧助兴。川剧为予向所未聆，高腔激越凄楚，殆由秦声转变者。大锣震动全场，耳鼓几为破裂，此真正露天荒野场上之民间歌剧也。川伶有名者如贾培之（须生）、陈碧秀（青衣）、薛艳秋（花旦）等均莅场，唱《昭君和番》《后帐会》《梅龙镇》《宫人》并《霸王别姬》等数剧，予等实茫然莫解，经人为释明，始略谙其少数字句。通行川剧本中有《离燕哀》《琴探》者，文辞颇雅驯，闻亦有以打诨著名者，其人名唐广体，惜未能一见。据座客语予云，川剧前辈康子林，前年作古，生平侠骨义肠，允为艺人班首，工武生，技击做工，负盛誉，年既老，人犹嬲之登坛，竟因卖力太过，得病，殒其身。康少年接近女性甚多，而不嗜色。红氍毹上，坤角多慕其武艺而恋之者，康不为所迷，死后人有诔之者，曰："当筵箫鼓，虽万种之多情；退食房帷，仍一尘之莫染"，盖纪实也。

重庆繁盛市区，以上都邮街、下都邮街、陕西街、白象街、小梁子及商业场等为最，既一一巡视一周，乃乘汽车赴打枪坝参观自来水厂，重庆地势高下不平，故设自来水之工程，甚为不易。打枪坝地方，居高临下，大有屋上建瓴之势，该厂分三大部，（一）制水区、（二）起水区、（三）售水区，制水区设打枪坝，规模甚大，资本由二百万增加至三百万，安置三路水管，齐赴朝天门。全城已安置水管者，仅三分之一，因贫民太多，殊无力付较多之水费。或仍就地凿井汲水，或仍取给江水，用抽水机抽上高阜，由人力挑送于用户。自来水厂，因用户不多，营业难骤臻发达，吾人因此知任何事业，如不得水平线下民众之赞助，前途实不易光大而普遍也。该厂总工程师为德国留学生川人税西恒君，其设计之完美，颇足令人钦服。次又赴大溪沟起水处参观，于机器室内，值以研究水电工程著名之骆敬瞻君，骆亦川籍，为吾人谈四川灌县及长寿两处之水力工程，甚为瞻尽，惜四川尚在遏乱时期，建设事业初萌兴，犹未克尽用骆君之才也。出水厂后，赴电力厂参观，电力厂由上海华西兴业公司承办，资本一百八十万，已用去一百三十万，自去年七月动工，约至今年八月间，可以完全竣工。竣工后，渝市电气事业可渐发达矣，归途至太平洋玻管厂，参观制玻管及制造柑橘水汁等工作，川地出产柑橘甚多，味亦颇美，用以制汁，亦输出品中之佳者。

吾人决定将赴川北视察者三人，曾聆《巴蜀日报》社长黄元贲自通南巴三县归来之报告，又于渝市各界欢迎会席上，亲聆自通南巴逃出之难民陈述痛苦情形，益欲赴川北一觇民隐。三十一日下午，于赴适中花园宴会之余闲，就近参观川东共立师范学校，由花园曲径绕入该校，郊坰千亩，崇闳广爽，学生约六百余人，高级有乡专科师范科，师范科中分文史、数理二组，初中部及小学部附之，因系川东三十六县所共立，故命名为川东共立师范学校，校长即现任政务处甘典夔氏，引导吾人参观者，为教育科长（前任教务主任）张德敷，以适在寒假期内，弦诵已辍，草草见其外观而已。后又赴中央公园内涨秋西餐室郭参谋长昌明之筵，中央公园在大梁子，辟山为园，亭楼掩映于崖石间，高下参差，惜少树木池沼。盖地势所限也。涨秋者，盖取义山诗“巴江夜雨涨秋池”之意。室内布置颇富丽，几与上海大餐馆埒。四川人各事善模仿外间，都市繁荣，虚有其表，此可虑也。席间财务处副处长康宝志谈财政计划，陈志学氏谈西康宁远等处之金矿，谓宁远之金最富，如能用新法开采，实远胜美洲西部产金之区，伊曾于数年前亲往宁远各地考察，故知之甚详云。本日临江门外大火，延烧数小时，毁二千余家，状至惨。该处适为无自来水区域，火一着风，扑灭不易，故灾区蔓延如此。重庆常有大火灾，年必数次，实因市廛太庞杂稠密之故，办市政者宜为之加意防范也。

二月一日乘汽车赴郊外参观中心农事试验场，该场占地一千五百亩，计划于二年内设农艺科、畜牧科、园艺科、农业化学科、农业推广科等，开办费约四万余，内拨一部分经费为四川乡村建设学院之用，经费每年三万元左右。主任为前晓庄乡村师范教员张宗麟，四川农业之改进，将以此为嚆矢。次往重庆大学参观，校址在巴县西城里沙平坝，占地凡九百余亩，正在添建校舍。有文理农三学院，理学院院长何鲁及化学系主任胡叔平等招待吾人参观。回城后又赴民生实业公司机器厂参观，晤该公司经理郑壁城，机器厂内现仅做修理船只之工作，将来日臻发达，不难成一大规模之造船厂，以总经理卢作孚先生之毅力，四川实业前途，称可乐观，固不仅航业一途而已也。

**附录（一）重庆自来水公司概况**

（一）沿革：重庆自来水公司开始筹备，远在民国十五年，当时由商务督办署，在本市抽收房捐六十万元，作为开办经费，嗣后又招股本三十万元，于民国十八年春开工建筑，经时约两年之久，于民国十九年冬完成第一步工程计划。二十年正式开始营业，中以工程较大，经费不济，乃在货款经收处抽收地方附加，每月约可得四万元，直至现在营业时，旺月（夏天）收入，月可得一万三千余元，枯月（冬天）可得九千余元，故平时每月收入有五万余元。

（二）组织：在监理委员会监督之下，设立经理部，经理部复分总务部、营业部、工程部四部，现在总经理为石荣廷、王辅廷。总务部主任为王慎吾，营业部主任为马蔚山，财务部主任为邓子文，工务部总工程师为税西衡。工务部又复分为三区，即起水区，设王爷庙，专司动力起水工作，制水区设打枪坝，专司储水工作。送水区即设各站，专司管理建设及送水工作，全公司所有职工约二百余人，最高薪额每月五百二十元，最低薪额每月九元六角。

（三）设备：在起水区有火车头或蒸汽机一部，马力约六百匹，系德国出品，但其式系三十年以前者。此外有起水电机二部，每部每小时可起水约四百吨，在制水区方面，有周旋式小电打水机一部，每小时约可起水一百五十吨，此外有石水池一，以储起水区送来之水，矾站一，将原水池之水，引送入站加矾。漏斗池一，使加矾之水通过其中，即达于一沉淀池。更由沉淀池引入一速滤池。经此番速滤之后，即导入净水池，以备引用。其净水池有二，可共储水一万吨，全区各地储水总量，可达二万吨。各地现储水量约一万三千余吨。其余尚有一高压水池，系为清洗各地而设者，现领事巷一带等地居民亦用该水，高压水池之上，拟修一标准时计，并于其上置一警钟，以备报告火警之用。

（四）水管：口径分廿吋、十二吋、十吋、八吋、六吋、四吋、二吋，七种。均系钢制。已敷设之卖水站，有十三个。全市消防水桩，有八十个。直接装设水管之用户，有二百家。每日全市用水，总量在暑天约四千吨，在冬天则二千四五百吨之谱。装置水管者，除取水表押金百元外，所用水管及其他材料，由用户照价给资，将来用水若干，全照水表计算。即每用水一吨，计水价洋二角。

（五）用费：综计该公司前后用费共用三百四十万元。其中用于工程设备者，仅一百六十万元左右。其余部分，大都消耗于扣期付息云。

**附录（二）重庆电力厂概况**

重庆烛川水电公司，自经重庆市电力厂筹备处，于本年八月二十五日执行接收后，筹备处潘文华、刘航琛两主任即委熊志韬、石荣廷为临时营业部经理，于九月一日起继续营业，定名称为重庆市电力厂筹备处临时营业部。其目的，在新厂未修竣以前，利用原有机械，夜间发电，供各户应用。兹将该厂概况，略述于下：

（甲）工程方面：分工程事务二组，现有机械，系以三十万元之数，向烛川接收，分五期付款，现时尚未付完。机械有锅炉两部，一用汽力，一用黑油，可发三百匹马力之用。现时干线五路，最远者可达五福宫唐公馆。

（乙）营业方面：仅电灯用户六千盏，电表用户百余家，每月收入，约九千元。本部分总务、会计、灯务、物料四组，每月每灯收费洋一元五角。如用电表，每月每度收费三角五仙（电表分自表及租表两种）。

（丙）经常开支：月约七千元，盖营业方面之物料组，每月购进汽油二千元（外货）。炭约三千元。五金杂件约四五百元，全厂现有职工，约八十余名，一切开支，均由营业收入收付。当开始成立时，则由筹备处财务股，拨付八千元，以作开办费。

（丁）将来办法：因现时所接收之烛川机械既陈旧不灵，且发电力小，故由货股经收处，拨给一百八十万元，在大溪沟，由华西兴业公司包办，建筑新厂，及机械之安置。限今年八月间，竣工蒇事。其机械有汽轮发电器二部，可发二千匹马力，日夜工作，将来铜元局、自来水、武器修理所或其他工厂，皆可用新厂昼间所发之电，晚间则可供电灯十万盏之用云。

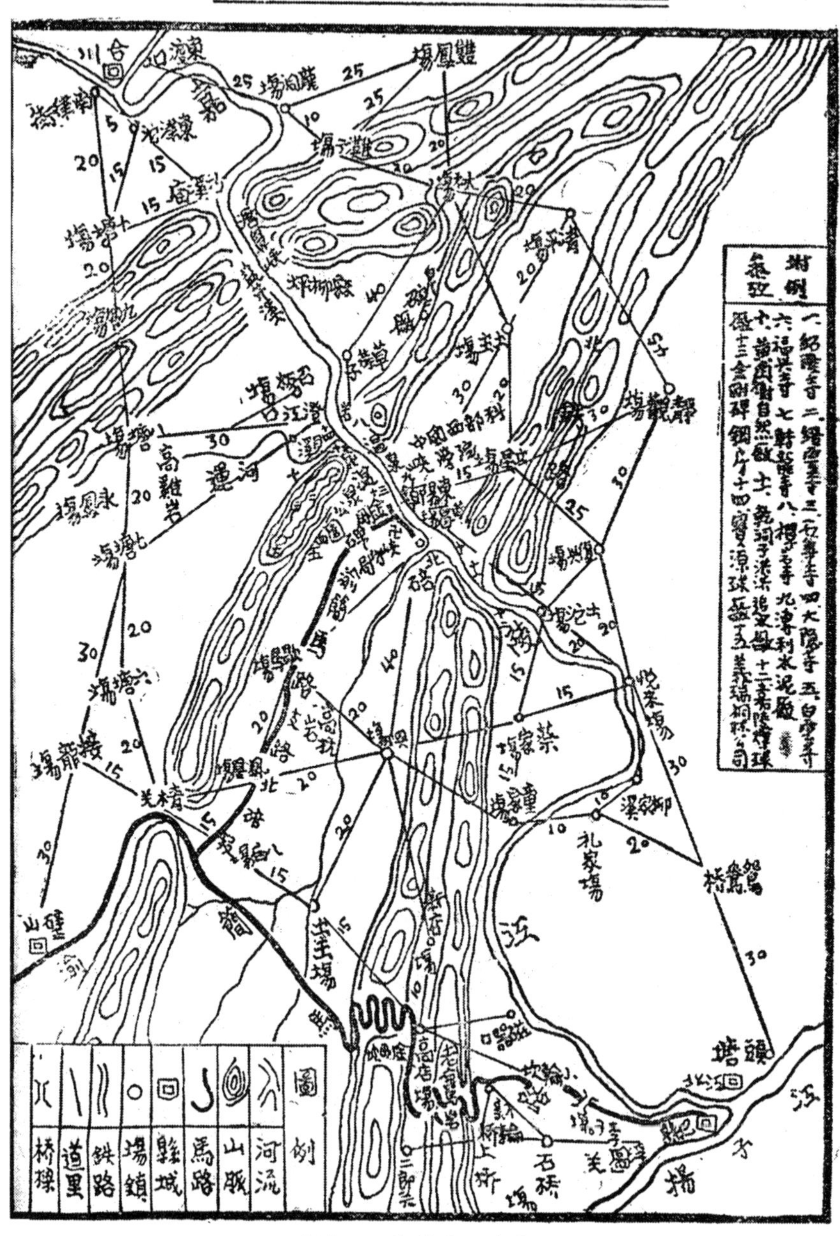


嘉陵江三峡游览区域略图

# 045~056

## 第十二章　北碚镇与温泉峡

# 12. 北碚镇与温泉峡

到重庆者，必游北碚镇与温泉峡，因前者有新建设事业可看，后者有极美丽风景可赏也，二日拂晓，坐肩舆赴千厮门江干，乘开赴合川之民宁轮，溯嘉陵江北上，一水拖蓝，经飚轮鼓动，而碧溅珠翻。两岸青山，有森林与绿畴点缀其间，令人忘此日犹属严冬天气矣。沿途风景之佳，较三峡间又另是一种趣味。巫峡以壮伟胜，此间以秀丽胜，悬崖峻石，虽时亦矗立于嘉陵两岸，但险巇可畏之程度，远不及三峡，故此间遂有小三峡之称。小三峡者，观音峡、温泉峡、沥鼻峡是也。吾人先见者为观音峡，有大石盘踞中流，有瀑布飞泻如雨，沃腴阜原上，农人勤种植于其上，除石头外，几无一点隙地，乡农可爱可敬，真救国救民之柱石，今日在都会中，一般四肢不勤、五谷不分之分利者，徒高谈救国救民，直须愧死！船过土沱场、黄葛场，下午一时抵北碚。北碚之碚字，据洪良品《巴船纪程》谓岩石随水曲折曰碚，读作背，北碚石梁突出江心，石随水转，曲折迂回，正如其形，泊埠时，有峡防局、西部科学院、农民银行等处代表欢迎，先小憩于民众教育馆设立之民众茶园，次拾级登山（山在北碚市场之西，约半里）。在江巴壁合特组峡防团务局午餐，该局办事人，精神极佳，所训练之团兵五百余，皆能作战，局设正副局长，督练部并总务、政治、审计三股。督练长以下有督练员服务员数人，每股主任以下，亦有服务员数名，直辖特务队三中队，手枪两分队，特务学生一队，文化、经济及其他社会事业十余种，共有职员七十六名，特务学生队百余名，峡区乡村电话总机，设于局内，峡区二十余场，及重庆合川间电话，均以此为中枢。吾人在局午餐，由政治部主任黄子裳招待，行分食制，并不设座位，直立桌前，狼吞虎咽，每人尽三四碗以上，因无旧式仪套，甚感畅适，据局中人谈，该区内每日拂晓放炮起床，各机关职员皆一致到公共体育场运动，午前八时均开始治事，直至午后四时休息，又各运动一小时，各种会议及音乐练习，均在夜间。饭罢出，参观中国西部科学院，该院自十九年九月正式成立，先后派员随同中外学者，调查地

嘉陵江

北碚峡防局之兵工

质，采集生物标本，并组织董事会，次第设立生物、地质、理化、农林四研究所，及图书馆博物馆，从事于科学之探讨，冀以开发宝藏，富裕民生。院长卢作孚，各部主任为俞季川、王以章、刘雨若、常隆庆、黄子裳、袁伯坚等，前后总共设备建筑采集及一切开支用款，已达二十余万元，兹分述各部分大概实况如下：

（甲）生物研究所　过去及现在工作：历年曾到四川、云南、贵州西康、甘肃、宁远、青海各处采集植物及昆虫标本，总计采有植物标本一万余号，昆虫标本三万余号，曾参加中国科学社、北平静生生物调查所、中瑞新甘考察团、芝加哥博物馆采集团等团体之采集工作，国外方面，曾与德国伯士纳博物馆、俄国博物馆捷克斯拉夫爱尔特昆虫学者共交换昆虫标本若干种，国内曾与中国科学社中央研究院、中山陵园、广东中山大学、金陵大学、北平静生生物调查所、南京中央大学交换植物标本各若干种，于民国二十一年间，采集新发现植物三种，业经定以名称，将来计划：关于植物者，原拟有五年采集计划，本年分三组往西川及川西北两区采集，以后照原定计划，按年施行，现准备设植物园于缙云山（山距北碚镇只半日途程，在温泉峡后），预计租地两千亩，试种寒温热三带植物。

（乙）理化研究所　过去及现在工作：历年曾搜集嘉陵江及川东川鄂边境各地煤矿一百六十余种，其他矿石一百四十余种。现已化验煤矿一百五十三种，巴县石油沟石油一种，江北县北川铁路锅炉水一种，又文星镇水泥原料三种，壁山温泉峡温泉一种，将来计划：本年煤矿化验完结后，即拟从事化验全川各种矿物，研究所大厦正在建筑中（地点即在北碚场附近）。

（丙）农林研究所　过去及现在工作：前曾种中美棉两年，做品种观察试验，并建成能容一千只鸡之鸡场一所，举行意大利鸡及本国鸡育种试验两年。现试验由会理采回多年生之草木棉，并添饲猪牛羊，扩充为整个畜牧部，曾于年前种行道树，造风景林多处，兼管理北碚平民公园花卉园艺，帮助人民经营方场七十方里。现在农场占地一百十六亩，种有果树七种，计一千株，又苗圃占地二十亩，亦育有大批林苗。曾调查遂宁简阳棉业，华北畜牧事业，作有专门报告。现正代重庆丝业公会，试养意大利蜂种，又与峡防团务局合办峡区西山坪林场，计有地十五方里，并扩充苗圃，以备将来在峡区大规模造林。将来计划：拟扩充各方面之设备，并拟设气象测候所。

（丁）地质研究所　过去及现在工作：民二十年曾派员随同北平地质调查所调查员在四川西部西康东部调查地质，去年曾到南川调查，其区域宽有三千平方公里，测有五万分之一地图一幅，编有重庆、南川、金佛山地质调查志及四川嘉陵三峡地质调查志等。将来计划：预计在三年内完成二十万分之一四川地质土壤图，再两年完成西康、青海、云南、贵州五十万分之一地质土壤图，所需旅费五万五千八百元，方请中华文化基金委员会津贴三分之一，计银一万八千六百元。本年度内拟完成嘉陵江东岸及长江以北各区域之调查工作。

以上为各研究所之概况，吾人又参观博物馆之风物陈列室，内有史地门，物品甚多，由康藏采集而来者，如各种夷文之书法，宗教之仪具，及各地土人之用具等。又有所谓“马牌”，系旅行人至九龙、乌拉溪各处之通过证。其他如我国境内及南洋等处各类风物照片标本三千四百九十余件。尚有卫生陈列室及动植物标本陈列室矿石分析室煤层分析室等。动物园一，饲有生活动物如熊、豹、鸥鸮、孔雀、猴、兔、锦鸡等共一百七十余头，均有新式笼槛以养畜之，剥制部一，有动物标本六百七十件，闻该馆最近将搜集各处社会自然各种标本分别辟室陈列，并拟购置世界各国动植矿物标本，以资观摩。图书馆旧系峡防团务局所办之峡区图书馆，于去年拨归西部科学院接管，已有图书一万〇九百四十八册，有专门阅览室二间，大阅览室一间，去年一年有阅览人六万三千四百二十五人，有巡回总库，可巡回图书至峡区各场图书分馆。

兼善学校为中国西部科学院所附设，校址一部现暂设该院内，一部现在北碚平民公园山腰。十九年秋季成立，有中学生三班，高级小学生二班，初级小学生四班，教职员十九人，中小学生男女共二百四十名。校长张博和君引导吾人参观该校后，并偕往北碚平民公园游览，园在火焰山，园内除各种动植物外，东北有清凉阁，西有草堂，可小憩，其设计图样，尚拟有迷园松声阁及旁观亭等。因山筑舍，就石凿池，将来必更有可观。目前已修雕花嵌字之三合土路，修洁平整，山游者可无折屐齿之虞矣。登瞭远台，而嘉陵江及小三峡之风景一一如绘。下山后又参观三峡第一染织工厂，出品种类甚多，如布匹毛巾毯袜之类，几可与上海三友实业社相颉颃，现第二厂已在兴建中，系挪用科学院六万基金作建筑费，其概况如下：

## 三峡染织工厂概况

（一）沿革　本厂之前身属于江巴壁合特组峡防团务局工务股，十九年秋改组独立，始有厂名，而出品之用兵工商标意即在是，至二十二年五月复改隶于中国西部科学院，从生产以发展文化事业焉。

（二）基金　陆万贰千元

（三）设备

| | | | |
|---|---|---|---|
| 陆拾锭摇纱机 | 七部 | 陆十锭并纱机 | 一部 |
| 䌈纱机 | 五部 | 铁轮织机 | 四十五部 |
| 电力织机 | 三十部 | 电力双幅毛巾机 | 二部 |
| 提花织机 | 三部 | 大幅提花织机 | 七部 |
| 毛巾布毯织机 | 六部 | 大幅被毯织机 | 五部 |
| 织袜机 | 二十二部 | 汗衫机 | 二部 |

此外打花机、印花机、打水机、滤水机、丝光机、量码机及五百盏发电机十四匹、引擎机各一部

（四）成品　全年计出布壹万壹千余匹，比去年增加壹千四百匹，比前年增加六千三百匹（每匹三十码），巾袜毯类不在此数内。

（五）营业　全年计售货壹拾柒万五千余元，因天旱及赤匪影响，比去年少做壹万八千元生意，比前年多做八万九千元生意。

（六）建筑　因新添电力各机到后旧厂不敷应用，乃另租纵横壹百二十呎之地一幅建筑新式制造厂一座，计七列四十二间，连自来水设备，约需款三万元，时间约三个月完成，其他漂染厂及锅炉房，计划于第二期建筑成之。

北碚场上有农村银行一，在文华路，附设有贸易部，资本十四万元，贸易部营棉纱盐油等业，储蓄部之营业状况不佳，农村衰落如今日，人民生计艰虞，绝无余款可以储蓄也。附北碚农村银行概略如下：

## 北碚农村银行概略

（一）组织：1.发起于民国十七年十月。其时之股东和办事人，

都是峡局职员。其管理权，属于执监委员会。至业务则偏于贸易。而存款、放款次之。2.成立民国二十年七月改组成立。采行董事制及经理制。经理以下，设营业、会计、出纳、文书四股。3.宗旨：服务农村社会；发展农村经济；提倡农村合作。4.业务：五角可存；——五元可放；——十元可汇。5.贸易事项另设专部经营，由银行投资；但会计独立，自算损益。6.现有职员十人，计经理、营业、会计、出纳各一人，练习生四人，自费生一人，行役一人。

（二）经济：1.本行初集资本壹千元，改组时集至壹万元，前届增至二万三千三百四十五元，本届已达三万三千五百五十元。2.资产总额，改组时一万七千元，前届增至十二万元，本届已达十四万三千元。3.前届盈余为三千九百余元，股红息达周年一分三厘。本届九千八百余元，计扯息一分八厘半。4.存款，改组时为一千六百元，前届为二万元，本届达贰万八千元。5.放款，改组时为三千三百元，前届增至六万六千元，本届达八万七千元。6.开支，前届计三千八百余元，本届三千七百余元。

（三）活动：1. 目前拟募足股本五万元。欢迎投资，每股五元，十股五十元，百股五百元。2. 注重小放款，即化整为零，使经济深入农村社会，计前届放出二〇五户，九〇九份，四千五百四十五元。本届增至三百四十户，二千二百五十七份，一万一千二百八十五元。3. 联合各关系事业，或济以资金，或为其金库。4. 代人买卖，现以棉纱为大宗。代办收交，现有峡区各乡往来，及成都广安合川泸县涪陵等处。5. 代人保本保息，有如收会会款。6.账务公开，使人明了。训练公开，供给人才。

此外尚有地方医院卫生事务所公共体育场、民众教育馆、民众俱乐部、民众剧场、消费合作社各种新事业，无不应有尽有。《嘉陵江日报》一种，每日一大张，系用石印者，举凡社长、编辑、访员、校对、书记、印刷各种职务，悉瘁于一人之身，而居然短小精粹，得观众之欢迎，亦属难得，下午四时同人应北碚各界之请，在演讲厅向该区内之学生及峡防团团员讲演，由张博和主席介绍，予等一一致辞，无非激劝与鼓励之意。

## 温泉公园

七时后，同人赴温泉峡温泉公园觅安睡之乡，黑夜泛舟至峡内，击楫高歌，山谷魑魅，当亦闻而却步，洎乎声静风寒，夜潮初沸，船头时有水话。星淡云流，烟霭若瘴，高峰射影入江，划成黑线。同人中有以电炬照瀑布者，见热气四出，白雾蒙蒙，知距温泉不远矣。既摸索上囤船，拾级登山，回顾沸腾之急流，不禁为寒噤不置。经竹林深处而至温泉公园，过关圣殿嘉陵饭店，住于该园为吾人备好之休憩处名农庄者，各载行李以入。膳后，澣尘温泉室沐浴，温泉有外游泳池一，名千顷波。内游泳池一，名涌泉池，私人放水浴室六七间。泉之温度适与体温合。水含多量之石灰质，与南温汤之含硫磺质者不同，功用亦异。浴罢返农庄酣然入睡。次日晨起，四周巡视，始知此身已入最美丽之仙境中矣！楼下红梅百数十株，盈盈若笑，其上则丰山，耸然而作障，下则深峡，窈然而低藏眼波横碧，如带回环，眉黛凝愁，远山青翠，以重叠之近远，分妆抹之浓淡，其姿态各有不同。园之中央，为旧有寺庙（即温泉寺，一名广德寺），乃唐代以前古刹，宋勅赐崇圣禅院，濂溪先生曾留宿，有诗，今有濂溪小榭。再上为天王殿，前有明代浮雕蟠龙香盘一座，高与人齐，工精可资赏鉴。

左右有明清两代题咏石刻数种，予犹忆道光时王定邦一律云：“峡水潆洄处，岚光半绕檐。舟摇双桨月，岩泻一重帘。树老山容淡，苔深屐齿添。同来寻胜迹，踏遍万山尖。”再进为大雄殿，前有花圃，有方池，池上跨石桥，周绕石栏，石色古老斑驳，俯视池鱼在热水中，逐暖过桥，清晰可数，殊有奇趣。观音殿覆以碧琉璃瓦，日光照射，晶莹夺目，殿之左右有花好楼、类帆楼，楼下均有温泉涌出。寺后，有宋代雕刻之佛像，系嵌于大石上者，吾人从披蔓草辟荒径以寻之，果见有须眉逼肖、古意盎然之石像，即今人太虚法师诗所谓“花洞游归探石像”者也。花洞者，乳花洞之别称，洞在温泉寺右江边，深约半里许。吾人出寺由龙湫道，观飞瀑（即所谓飞雪岩也），经兰谷，入乳花洞，至洞天石室小憩，曲折而下，时有天光漏入，钟乳悬垂，叩之发金石声，至最深处，隐约闻泉响，折回穿另一洞口而出，至是始豁然开朗，出洞门，下罄室，观桃花流泉，越枫岗，赏喷泉，上小庾岭，凭听泉亭，小息，次绕琴庐，出嘉陵道，返寺，路多以三合土槌成，平滑并嵌有花纹，闻夏季多戎装者携如夫人来游，此殆亦吴王宫之屧廊香径也欤！本日拟游缙云山，未果，偕登小舟，赴北川铁路参观，北川铁路为江北县与合川县间之轻便运煤轨道，铁路全筑于高山上，其工程殊值得一观。舟至北碚，峡防局黄子裳君来做引导，既抵观音峡，先参观干洞子之洪济冰厂，利用瀑布水力，激动机轮，厂内有七十匹马力之立式水力卧轮机一部，造冰机一部，每日出冰一万磅，用电力吸取江水，经过沙滤，然后以之造冰。厂系骆敬瞻君发起，资本五万元，予等参观时，机厂适停工，匆匆即出，次泊白庙子山下，乘滑竿拾级登山，滑竿系扛客上山之具，用两长竹竿为之，中系一布垫或篾制之垫，两人扛之如抬轿然，初坐之登山，足上头下，仿佛欲倾踬，为之栗栗危惧，沿山径行，所见多开煤之工人，因工人多，山隈间遂成市镇。白庙子为川江铁路之起点，现尚用工人挑煤下山，转运水路，

北川铁路水岚垭车站碉楼

自白庙子乘火车赴水岚垭，约三十余华里，该路现仅有机头四个，本日所用者为一最大之机头，拖客车二节，小如电车，车行半山上，下视深峡，为之色变，盖车如一出轨，则将飞坠万丈渊中也。既抵水岚垭，北川民业铁路有限公司，晤营业主任郑章甫，谈悉该公司所营之铁路，自民国十七年动工，至十八年秋即开车。经理唐瑞五，江北县人，北洋大学工学生，总工程师为丹麦人，名守而慈，现每天运煤四千至八千担，每日收入四百元以上，专运各煤厂如天泉、天泰、同兴、和泰、同福、三柴生等家之出煤。现已收入之资本四十六万元以上，预算为一百二十万元，尚未收齐，营业状况二十二年度收入十八万元以上，支出九万，赢余九万，股本利息约为一分六厘，将来扩充，必更有可观。铁路现为诸站为干洞子、新码头、麻柳湾、万家桥、新湾、土地垭、冯家湾、白庙子、水岚垭等处，明年二月可通车至载家湾、大岩湾，全线完成（江北至合川）则尚有待也。闻川中实业界并将合组一天富煤矿公司，如能实现，则重庆南北两岸之煤可大

北川铁路挑煤工人之一

量生产矣。午刻为该公司碉楼摄一影，膳毕乘原车回白庙子，下山，分上小舟二只返温泉公园，决定明日还渝。

北川铁路挑煤工人之二

# 057~068

## 第十三章　成渝道上

# 13. 成渝道上

川康考察团同人，在重庆与北碚两处勾留六日，二月五日晨六时起身，乘公路总局派来之成渝长途汽车一辆，载吾人驰赴成都（路长一千〇二十里），唯预定须自内江往自流井参观一次，决定于五日到内江后，六日赴自流井，八日回内江，九日再赴成都，公路总局派来之车，经过严密检查，车身内毫无损坏，并携带各项材料甚多，以免中途抛锚。过曾家岩，川江航务处处长何北衡氏上车将做吾人之向导，汽车滨江傍山疾驰，时时有颠覆之虞，幸司机者驾驶有方，未生事故。过老鹰岩，马路作螺旋式上山，再穿桥过洞，工程极为浩大，在山桥及山洞两处各拍一照，经青木关、璧山县而至来凤驿，午饭于农村饭庄，自永川至荣昌路多碎石铺成未经压平，车行甚为震撼，自荣昌至隆昌一段较好。荣昌县属之烧酒房，虽一小镇，长可五里，出产瓷器，隆昌出产白猪鬃，销行中外，隆昌、荣昌多广东籍民，盖为清初移入者，习惯言语，仍袭粤风，女子不缠足，亦特征之一也，车行既过椑木镇至

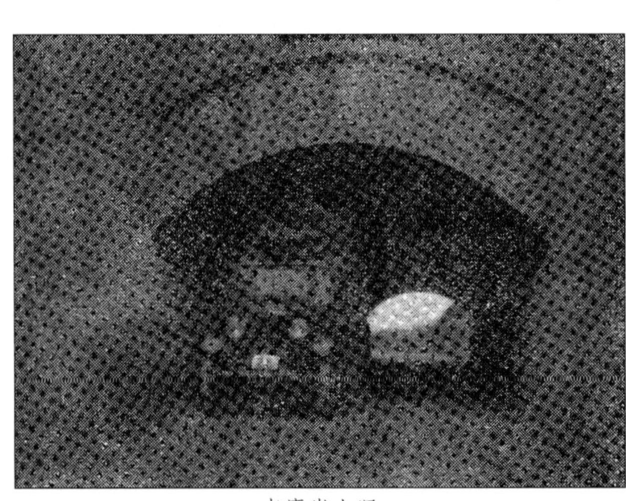

老鹰岩山洞

沱江，无桥梁，用板船载汽车渡江，时已入内江县境，江畔橘树成林，丹绿相间，最为可爱，闻江津县所产最多，价贱而味美，入川后见遍地皆有橘买，大铜元一枚，即可得一只，惜不善保藏，且税多未能出口与花旗橘竞销市场，实属憾事。

成渝路老鹰岩之建筑工程

## 甜的内江县

下午五时许抵内江县，计已行五百十里，乃寄寓内江中国银行，内江与资中，俱以产糖著名，糖以蔗制，而内江之蔗尤多，全县糖坊约有七百数十家，以西区为最盛，约占三分之二，惜均以土制法，不能大量生产，县中无煤炭作燃料时，乃以蔗皮代之，不知蔗皮乃制造酒精与纸张之原料（渣滓可造纸），今竟以之作燃烧之用，可谓将无数酒精与纸张均付之一炬矣，出口之糖，苦捐税太重，正税，一万斤纳四十元。至附加税，每包糖二百五十斤，即又须纳八元，该县糖业厂家，平均无过五千元之资本者，规模之小，可以想见，机器购买资本太大，合全县之糖业资本，亦不够作此大规模之经营。现在之甘蔗，多因受过霜雪，业已熬不成糖，竟有全作燃料用者，因此间煤炭之价均甚昂贵也。又据《四川月报》三卷六期云：内江隆昌富顺三县间之椑木镇、双凤驿、庙坝场一带，纵横二百里，均以产糖素称，糖户约数百家。去年因气候亢旱过久，成分极劣，在往年每万斤甘蔗可熬糖千五六百斤，本年则仅熬六七百斤，糖价往年每百斤约价银八九元，去年则涨至十五六元云。贫民生活困难，借债度日，利息厚至三四分，且无处可借，该县副产品，除蔗外，尚有冬菜大头菜出口，麻布亦有出产，但不及隆昌，兹将内江出口各货情形列表于下：

| 内江县入口各货价值 | 内江县出口各物价值 |
|---|---|
| 棉纱……二十八万元 | 白糖……一百九十一万元 |
| 匹头……二十二万元 | 红糖……一百三十万元 |
| 苏货……十五万元 | 橘糖……九十五万八千元 |
| 纸烟……十七万二千元 | 冰糖……九万一千元 |
| 药材……四万八千元 | 夏布……三十万元 |
| 谷米……九十九万二千元 | 浇酒……七十一万元 |

内江县各机关税收概况

粮赋收入额…………七十九万一千元

糖赋收入额…………二十九万六千元

护商收入额…………二十三万元

禁烟罚金……………七万元

烟酒收入额…………四万三千元

印花税收入额………十五万元

二五税收入额·········八千元

上表系根据中国银行之调查，录之以资参考，内江街道平滑，均用三合土筑成，商务亦尚发达，因近沱江，又为成渝汽车道所必经，交通运输均颇利便，予等入市购物以自上海携来之广东双毫付值，乃得通用，双毫在四川别处均不通用，但内江县及自流井等处，复可通用，可谓怪事，币制在川省之复杂情形曾来川省者类能道之，兹不细赘（见后附之表）。唯无论铜元或钞票，在省内易一地，即不能使用，未免令行旅者太感困难，改革不知在何年何日也。

二月六日自内江雇滑竿九乘，本团七人及何北衡处长与其同行者一人。各据其一，出发时旭日初升，天气温暖异常，闻何君言如此好天气，此间实不易得也。滑竿夫扛人过山，至为吃力，予等时时步行，以轻其担负，行三十里至白马庙早餐，十二时至凌家场休息，沿途菜花满畦，“黄金铺满地，三月富村庄”，不意于严冬见之，蚕豆亦遍地皆是，肥大蕃茂尤为可爱。川省气候之佳，于此又可见一斑。一路冈峦起伏，环回合抱，虽无高山，而满目青翠，沃壤千里，川地之得天独厚，至足景羡。后过三多寨，地属富顺县，寨在山上，绕以石堡，古以防盗，其势难攻，三多者，王、颜、李三姓独多，据此成一部落，闻其上练有民团，乱时附近居民上山避难者辄千万人，遥望其上，屋瓦鳞次，气概雄昂，甚欲一为攀登，惜时间不许，途中徒步行时，闻何北衡君言，渠拟于最近期间，与川中同志组织一民业铁路公司，计划由自流井经邓井关至泸州开一铁道，运自流井之盐至泸州入江，复由泸州运煤入自流井，因自流井大量之盐，航运困难，且自流井及内江等处，需用煤炭等，燃物甚切，如此调剂，有裨于实业者甚大，计自流井至邓井关九十里，自邓井关至泸州二百零八里，合计仅二九八里，已聘定北川铁路公司总工程师丹麦守而慈君，于本年三四月间前往察勘，如成渝铁路一时尚无希望，决先行动工云。下午四时至凉高山镇，已见盐厂，距自流井仅十余里，设有盐务稽核所，迨至大坟堡，盐厂林立，辘轳汲盐之高架，满目皆是，输盐水之管，蜿蜒散布地面，因明日须来此参观，匆匆而过，自内江至此，盖已行一百二十里，途遇自流井方面派来之迎接人员，谓系奉自流井提拨盐款处处长殷静僧之命而来，请吾人寄宿南洋旅馆，至则殷已在南洋坐候矣。当晚即盛筵相待，席间谈自流井盐业状况甚详。

自流井火车井房

自流井上厂盐水枧

# 咸的自流井

自流井一名自贡井，产盐之富为全省之冠，二十二年度产盐三百〇三万五千〇六十八担（每担一百斤，每担价值三元），约值价九百一十万元，比前两年，多产二十八万八千九百〇八担。今年产量有增加之势，因重办废井者甚多，价格大约无甚增减。现本区共有盐井六百四十二眼（川东川南共有十五处，以本处为最好）。劳工共约十余万人，从业工人每日工资一角余，伙食由主人供给。每年正税一千万元有奇，附税由沿江就地征收，无法统计。推销地点，以鄂西、渠河、泸南、涪万、綦边、仁边为多。盐务与政局有莫大之关系，营业盛衰，亦视政局为转移。现在军事平定，井灶行各商，均有利可获，行商资产（连贷入在内），约一千二百万元之谱（定案每月派销二百傤税，每傤税约六万元）。灶商资本一千六百万元之谱（约有火圈八千口，每口现值二千元计）。井商约值五百万元以上。至于川盐销楚，原为一千一百傤，自淮盐倾销后，去年只销四百余傤。因川盐价高，淮盐价低（川盐在宜昌，每担售价八元有奇，淮盐在宜昌，每担售价七元），唯盐质则以川盐为佳，吃惯川盐者，便不愿吃淮盐。又

自流井盐船一瞥

川盐在宜，每担纳正附税九元四角，在川纳一元，至于淮盐，每担盐本及上税，仅需六元之谱，唯望鄂省当局，酌免附加，可谋补救。记者又询以火井之情形，据谓此间火井系天生之地下瓦斯，用以烧盐者，现共有火圈七千五百五十二口，计东场四千四百六十五口，西场三千〇八十七口，火井之火不够用时，则以煤炭代之。煤炭由距此七八十里之威远县运来，每吨价十三四元，运输方面，水运为引盐，陆运为票盐，水运由盐仓抬运下河，每傤（花盐九百担为一傤，巴盐九百六十担为一傤）约需一百余元，用费由自流井用木船运至邓井关，舟资费花盐每傤二百六十元，巴盐二百八十元。又由邓井关换船运至泸州合江口津重庆等处，每傤五百余元，票盐均由商贩以人力担运，间用骡马驮负云云。次日晨起，乘肩舆赴大坟堡参观盐岩井，井深者二百六七十丈，井口阔仅五六寸，用打水机器，取盐水者甚少，大抵多用牛力，并须引活水（即淡水）入盐岩中，使化为盐水，然后取出。凿井之法，先觅得泉脉，用长可八九尺之铁杵，架空以徐徐放下，缒凿地面，使成一井，往往非数年不办，井上装置天车地车，作为起重之机。悬丈许长之粗竹，刳空为筒，节节连贯，筒底有启闭之活塞，筒端有竹绠维系，垂入井中，汲井既满，活塞自闭。井上则或以机或以牛，转动各车，将竹筒自井中提上，每一筒容盐水数斗，最多不过一石，颜色以黑为上，褐次之，白最下。即分别注入大桶中。桶中附着竹管，与各锅连接，类似自来水管。将管头之机关拨开，水可立刻注满锅中，从事煎制。煎成白色作盐状，而大功告成矣。午刻至釜溪好园，赴市商会主席侯策名之筵，下午又乘舆至郭家坳，参观天然瓦斯之火井，井深三百二十丈，地下之火气，实相贯通，每口火井能供二百余灶燃烧，自然之奇妙，真不可测也。予等所参观者为通灶井，其他如德涵、天龙、龙旺等，多至不胜枚举，唯凿火井之工程浩大。每须凿至三年以上，费数万元，结果有火与否尚不可料，凿井者亦全靠气运，毫无科学方法，次入灶房，热气极大，不能久耐即退出，晚间通灶井主人王君宴客，自流井盐商以王李二姓为盛，昔有王朗云者，号称王四大人，在自流井之势力甚大，至今仍之。至于川省石油，亦以自流井为最有希望，当民国三四年间，美国技师曾有一度特殊之调查。在此前后，中外学者，调查亦有数十次，据从前调查已知结果，有谓油源不丰无大价值，有谓尚有一线希望者。然以地质构造言，川省原属一海成广大赤盆，愈向盆缘地质时代愈古，愈向中部地质时代愈新，在此赤盆地中白垩纪层内到处多东北走向之背斜层，并多成覆釜状之构造者，远非陕西、甘肃油田区域背斜地层特少者可比，此类地层在油田地质学原则上，应有石油富聚之所匪啻自贡两井石油区域如此。其他各县境内类此者尚有十数地段，未经探发，故吾人认为必尚有最大希望，不过以自贡等处煤气最丰富之井为证，则石油应尚在浓厚煤气之下部，蕴藏较深，恐在三四千尺以下耳。至四川各地石油成分就实业部地质调查所燃料研究室试验之结果，已得下列成绩（见四川各地石油成分表）。

据此表可知川省石油多属于石蜡质石油，可制造汽油等等已无疑义。此后但视石油蕴藏地中之量如何耳。现刘督办已聘有专家，用最新式之电气采矿法，分别采测，只盼主政者注意及此，终必获良好之结果也。

二月八日拂晓乘滑竿返内江，途中成《滑竿夫》一首：

滑竿夫，滑竿夫，生活艰难做贱奴，手足胼胝血肉枯，头

## 四川各地石油成分表

| 产地 | 原油比重 | 汽油 | 煤油 | 菜油 | 油渣 | 备考 |
| --- | --- | --- | --- | --- | --- | --- |
| 资中罗泉井 | 〇.八三九三 | 六.六八 | 二九.六八 | 〇 | 五五.〇〇 | 原油 |
| 同上 | 〇.七七五〇 | 七〇.五〇 | 一四.五〇 | 〇 | 一三.五〇 | 水洗油 |
| 乐山河洱坎 | 〇.八三四〇 | 二〇.六六 | 四〇.六六 | 〇 | 四〇.〇〇 | 原油 |
| 巴县石油沟 | 〇.九一三四 | 〇 | 〇 | 一三.六八 | 八五.六〇 | 原油 |
| 富顺大坟包同德井 | 〇.八六五〇 | 四.〇〇 | 一八.二七 | 一三.三二 | 一三.五〇 | 原油 |
| 富顺桂花山四神井 | 〇.八三九四 | 一七.六六 | 二六.〇〇 | 九.〇〇 | 四九.〇〇 | 原油 |
| 富顺老林冲东盛井 | 〇.八六六〇 | 六.四一 | 四九.八二 | 一七.〇〇 | 二五.二三 | 煎过油 |
| 富顺瓮塘同昌井 | 〇.八五八五 | 三.七五 | 二二.二五 | 一〇.五〇 | 六四.三〇 | 原油 |
| 富顺白家湾积富井 | 〇.八七四八 | 五.〇〇 | 二九.三三 | 〇 | 六四.九五 | 原油 |
| 富顺雷家冲富龙井 | 〇.八七五二 | 三.二三 | 一三.五〇 | 八.五〇 | 七五.〇〇 | 原油 |
| 荣县扇子嘴灶龙井 | 〇.八三一〇 | 〇.五四 | 三三.二三 | 〇 | 六八.四〇 | 原油 |
| 同上 | 〇.八三七一 | 〇.五四 | 三五.一〇 | 〇 | 六六.五〇 | 煎过油 |

缠白布汗如雨（川人好以白布缠头男女皆然，不独滑竿夫如此也）。一人后应一前呼，信口成腔皆韵语。卧倒便吸阿芙蓉，忘却此身有痛楚。呜呼问尔压肩之重重何许，川民川民同此苦！

下午滑竿抬至内江县境，入某姓制糖厂参观土法制糖。五时抵内江县，仍寄寓中国银行。晚内江县长罗玺，借中国银行客厅宴客，席珍中有所谓蔗饭者，实一奇品。食法如制银耳、燕窝之羹然。以糖调之，蔗饭之本身并无滋味。唯据谈此物极稀有，食之可以疗肺疾，产于糖厂中榨糖汁之机括间，糖榨上不幸而产此物，则榨中之糖汁全失甜味，故糖厂主人最忌之，因其能吸甜汁也。但吸尽甜汁后之蔗饭，其味反极淡，斯足为异耳。因产量极少，故价值极大，市中绝无出卖者，今偶得尝此，亦异类也。

二月九日晨六时起乘长途汽车赴成都过资中（清大臣端方被杀处），在球汉镇午饭，次抵简阳，入城稍住。简州城本汉犍为郡之牛鞞县，西魏名安阳县，隋初名简州。唐宋因之，后汉涿郡简雍镇于此，民德之，于其所居处，有山有池，皆名曰赖简，以志不忘简公“赖”之意义，殆谓利赖于简公者多也，民元始改简阳县。因车停不久，未作调查。距成都八十里有一石径寺甚著名，寺在天成山下，入内游览一周，欲观石径，据僧云现仅存石一方，已运简州去矣，废然出车越龙泉驿，山路曲折崎岖，驶行不易，过龙泉驿即一片平原，距成都仅五十里矣，迨至沙河堡，又停车观所谓放生池，据《华阳国志》，秦惠王二十七年武信君张仪城成都筑池放生曰千秋池，至今仍其旧，池水绕渚上有二亭，悬诗文及联额甚多。下午四时半抵牛市口，计程已行四百八十里矣，刘甫澄督办派代表数人来迎，随之入城，至将军街招待处下榻，傍晚至少城公园浴室就浴，成都市之景象与北平相仿佛，尤以吾人所住之将军街一带绝类北平之胡同，盖少城昔本为满城为旗民麕集之处，今日旗籍，流寓成都者仍不在少数也。

**附：由重庆陆行至成都道里表**（赴自流井一段除外）

| | | |
|---|---|---|
| 重庆十五里 | 浮图关十五里 | 石桥铺三十里 |
| 自市铎二十里 | 走马岗三十里 | 来凤驿二十里 |
| 丁家坳二十里 | 马坊桥二十里 | 大安场三十里 |
| 永川县三十里 | 双石桥三十里 | 邮亭铺二十里 |
| 峰高铺三十里 | 荣昌县二十里 | 广顺场二十里 |
| 烧酒房廿五里 | 李市镇卅五里 | 隆昌县六十里 |
| 双凤驿三十里 | 椑木镇三十里 | 内江县三十里 |
| 史家街二十里 | 银山镇四十里 | 资中县七十里 |
| 铜钟河三十里 | 南津驿四十里 | 资阳县四十里 |
| 临江寺二十里 | 杨家街二十里 | 新市铺二十里 |
| 简阳县十里 | 石桥井三十里 | 石盘铺二十里 |
| 茶店子四十里 | 龙泉驿二十里 | 大面铺三十里 |
| 成都。 | | |

共计一千〇二十华里。

# 069~076

## 第十四章　在成都

# 14.

# 在成都

成都气概之壮伟，为国内其他大都邑所弗及，吾人路过近都之龙泉驿时，据高远望，见地理上著名之盆地，外沿高起而内部低陷，成都适当盆地之中心，幅员辽阔，物产丰腴，所谓“益州天府之国，沃野千里”者信非虚语。千里外万山围绕，一若天生以拱卫成都者。成都始于周末，古梁州也，《华阳国志》谓开明王九世尚自梦廓移治成都，成都之名始此，注云：梦廓今温江县西二十二里，有郭城遗址尚存，秦惠王遣张仪使蜀，灭蜀，置蜀郡，仪筑城，不成，就龟行迹，成城，象咸阳，始皇名其城曰成都。汉因之，公孙述据成都称帝，号蜀汉，刘备逐刘璋帝于此，凡四十三年而灭，晋李雄叛，据成都称帝，隋末萧铣亦据成都，称梁王，唐灭之。至德中，改名成都府。天宝中，安禄山叛，唐玄宗幸蜀，唐末王建据西川，称蜀帝，传子后主为后唐庄宗所灭，孟昶又继前蜀称帝，及子，为宋太祖所亡，析蜀为剑南西川节度使，明太祖封子为蜀王，今城内王城，俗呼皇城，即其故址，成都在汉时有户七六二五六，有工官，已为大邑（见《汉书》）成都县与华阳县同一城，《禹贡》“华阳黑水惟梁州”，扬雄《益州箴》曰：“华阳西极，黑水西流。”《洛书》曰：“华阳之壤，梁岷之域。”《华阳国志》曰：“原曰华阳”，注云：华山之阳也，有外城、少城、皇城之别，外城周围四十八里，由东城至西城直径长九里，有城门六，闭一，街百余，吾人下榻于将军街，与少城公园近，二月十日上午，会见成都报界甚多，餐于少城公园内桃花源，少城公园规模颇大，楼阁杰出，花木扶疏，有类于北平之中央公园，每日游人杂沓，或射箭，或拍球，或驰脚踏车，士女征逐往来，厥状甚乐。饭后参观附设于园内之民众教育馆，有工业史地文化武器各陈列室，关于古物之设备，如所谓张献忠七杀碑者，乃与俗传不同，俗传：“天生万物以养民，人无一德以报天，杀杀杀杀杀杀杀。”此碑所刻乃为六言喻，云：“天生万物与人，人无一物与天，鬼神明明，自思自量。”并无七杀字样，恐另是一碑。其他若新出土之菩萨庄严石像（唐服光神像），西藏之经文，五代以前之砖瓦，陨星陨石峨山石、铁佛、大像、大钟、大鼎等，不计其数，另一室陈明蜀惠王广志碑仁宗皇帝赞永川王赞碑、明成化铁蟠炉、石达开诏书、玉桌、玉印等，其仁宗皇帝赞云：“坤之上，乾之上，中间一宝难酬价，十万里来作证明，面壁九年不说话。如何赞，如何画，一回举起一回怕！”不知其义何居！工业陈列室陈设四川各地出产之工艺器具，极多精巧可爱者，武器室则多为古代及近代窳劣之干戈与枪炮废置不用者。运动场中矗立一辛亥保路同志殉难碑，盖纪念辛亥为争川汉铁路死事者，此事今人郭沫若反正前后一书，记之甚详。晚餐于聚丰园，系何北衡、陶绥、宣青、成烈、李仲膺、刘人杰诸先生之东道，聚丰园以烧鸭著名，成都味甲天下，大小各馆，均有特长，嗜于味者固有口皆碑也。园之后有君平街，汉严君平卖卜处。是夜游城内各街衢，以春熙路一段最繁盛，商业场昌福馆东大街之商务次之，其余多矮铺平房，破旧不堪。入夜七八时，相率关门大吉，路少行人，且灯光黯淡异常，车辆既不载客，餐馆亦复以闭门羹饷人，此内地都市之景象也。成都本非商业中心，最适宜于住家，一种悠闲恬静之趣，甚非重庆所及。少城一带，昔为满旗民住区，胡同极多，门巷中多莳花木，幽蒨宜人，第宅构造，尤与北平相似，予等到成都未数日，即为旧历除夕，偶成一律云：

成都风物似燕京，腊鼓声中住少城。闲敞人家花木茂，幽恬灯火市廛平。

五更号角喧兵气，一片啼乌唤晓声。酒压征尘惊隔岁，蜀山吴水不胜情。

成都市内，树木繁密，巢满栖鸦，每日破晓，屋头到处有哑哑声，令人寝不成寐，吾乡俗言鸦鸣不祥，若果有验，则成都其不祥之发祥地欤？一笑！

十一日午后一时驱车赴西门外，游白塔寺及望江楼，望江楼临锦江，岷江至成都，水清莹可濯锦，故名江曰锦，《蜀都赋》云："贝锦斐成，濯色江波。"成都一名锦城，以有此江也，成都有名之蜀锦，闻必以此江水濯之，始艳丽鲜明，他处水濯之，不能及，未知确否？杜甫诗"锦江春色来天地"，白居易诗"望江楼上临江望，东西南北水茫茫"，盖侈言之也。薛涛井及其墓均在望江楼附近，亭楼掩映，林树阴翳，曲径通幽处有流杯池，枇杷门巷，并有一轩，额薛涛之句，曰："似待诗人宝月来。"近人刘豫波一联，云："古井冷斜阳，问几树枇杷，何处是校书门巷；大江横曲槛，看一楼烟月，要平分工部草堂。"颇可诵。予等在薛涛井畔啜茗，并购薛之肖像及其书法，又《洪度集》一卷。按薛涛字洪度，本唐代长安良家女，八岁晓音律，父郧，自秦官蜀，殁，母孀守，及笄，以诗闻。时韦皋镇蜀，召令侍酒赋诗，因入乐籍，议以校书郎奏请护军，不可，遂止。涛出入幕府自皋至李德裕，凡历十一镇，皆以诗受知。名士元微之、白居易辈，酬唱颇多。暮年着女冠服，屏居浣花溪。浣花人多造十色彩笺，涛则别模新样小幅松花笺，多用以题诗，一时纸贵，价重洛阳。胡曾赠以诗云："万里桥边女校书，琵琶门里闭门居。扫眉才子知多少，管领春风总不如。"《全唐诗话》："涛晚岁居碧鸡坊，粫吟诗楼，偃息其上。"碧鸡坊即汉之金马碧鸡坊，今俗所谓金马街者是也。十二日遍晤四川军政当局各要人，忙于酬酢，未事游观。

成都气候，华氏表夏季最高九十六七度，冬季最低四十度。无严寒酷暑，最为宜人。本团同人，初拟在成都仅勾留三两日，后经接洽，知旧历年期间，车辆人夫，种种不便，出发川北与西康者，均须添制御寒衣物，不能不稍事勾留，再图前进。十三日，即旧历之除夕也。同人相偕赴华西协合大学参观，华西大学以齿科医科著名，创办人毕启（Dr Joseph Beech）独立经营，三十余年如一日。校址之宽宏，设备之周密，较清华、燕京，有过之无不及。毕为美籍，建筑各款，大率自国外捐募而来。校长张凌高，偕毕君出而招待，引观天文、算学、物理、化学各教室。关于动植物之标本制作室研究室，尤为美备。显微镜有四十二架，据引导参观之研究员云：在四川研究生物，最为适宜，欧洲仅有植物六千数百种，四川植物种类在一万种以上，动物昆虫，亦无奇不有，即以花蝴蝶一项而论，有三千四百余种，该研究室陈列各色蝴蝶，有四千余只，形态颜色之奇丽美巧，虽举世之美女艳装，亦不能及其万一，此种尤物，非人造所可企及。尚有作黄树叶形者，望之竟不能辨其为叶抑为蝶也。该校最杰出者，实推博物馆，有天然、医学、历史、文物等，另有边藏文化博物馆，搜罗红黄教之仪式，曾请班禅亲为陈列，令人如亲见藏族人之生活。至古代羌民之土器瓦棺及倮罗物，尤属向所未见，其他若历代陶器瓷器等，亦复不少，唯予在北平已数见不鲜矣。博物馆主任为美人葛维汉（Mr.David Crockett Groham）领导参观，说明一切，该校图书馆有中籍七万余册，西书二万余册，外人在我国内地办大学负如此之成绩。虽基督教文化侵略，别有用心，然我国当局，实有借为参考之必要也。是日在张校长宅内午餐，又在女生宿舍内开茶话会，垂暮始归。

废历正月初一，成都人兴高采烈，大过新年，当地人于元旦日占出行之方向，以西南方为最吉利。于是南门外武侯祠昭烈帝祠之游人，摩肩击毂，拥挤不堪。昔元人费著撰《岁华纪丽谱》，纪成都游观风俗云：

> 正月元日，郡人晓持小彩幡，游安福寺塔，粘之盈柱，若鳞次，然以为厌禳，惩咸平之乱也。塔上燃灯，梵呗交作，僧徒骈集，太守诣塔前张宴，晚登塔眺望焉。二日出东郊，早宴移忠寺，晚宴大慈寺。

今日有此出游之风气，盖由来旧矣。予晨起并驱车前往随喜，出城二里，见丞相祠堂，翠柏森森如故，唯大门外高榜昭烈祠之字样，武侯祠反在其后。庭前茶座食铺，顾客甚多，前殿供昭烈帝像，左右为关张殿，两庑为蜀汉名臣费祎、董允、姜维黄忠等数十人，后殿供武侯像。另有甬道，至昭烈帝之陵墓所在地。围墙作城垛式，土冢高与垣齐，游人登冢上，有卖唱者，售物者。闻平时因祠内驻兵，各处多不开放，新年开禁，示与民同乐之意也。傍午循城根绕至新西门外之二仙庵与青羊宫，二仙庵传为吕纯阳及钟离子降世度人之处。青羊宫者，盖供奉老子之庙，青羊亦有仙气，昔曾为关门令尹喜所值，今有铜铸羊二只蹲殿上，传为贾似道之旧物，游人争抚之，以为可以得福。庙宇极广大，每年二月花朝，俗有花会之举，盛极一时。今年刘督办将利用此时开博览会以提倡实业，现正在征集材料中。次至草堂寺，约距一里许，沿途游人如鲫，汽车、人力车往来熙攘，又有所谓鸡公车者，系土法手推车。上置一椅或草垫，推一人行，极为有趣，盖纯粹中国式之交通工具也。草堂寺即浣花溪旧址，寺宇新修，殊欠雅静，杜工部供像，乃在草屋一椽中，左右另有屋两椽，分供黄庭坚、陆游之像。寺内亦颇多卖茶与售物者，绿竹漪漪，小溪汩汩，想见工部当年之吟兴。何绍基有一联悬楹云："锦水春风公占却，草堂人日我归来。"在茶座中值大同影片公司经理万赖天，偕男女演员及其学生等，为本团特开一欢迎会，双方酬酢久之，在草堂前合摄一影而散。

成都尚有昭觉寺（城外）、文殊院（城内）诸名寺院，以无暇晷，未克一一往游，不无遗憾！

附摘录元费著撰《岁华纪丽谱一节》，此文不习见，附录之，以见古代成都之景象。

成都游赏之盛，甲于西蜀。盖地大物繁，而俗好娱乐。凡太守岁时宴集，骑从杂沓，车服鲜华，倡优鼓吹，出入拥导，四方奇技，幻怪百变，序进于前，以从民乐。岁率有期，谓之故事。及期，则士女栉比，轻裘袨服，扶老携幼，阗道嬉游，或以坐具，列于广庭，以待观者，谓之遨床，而谓太守为遨头。宋朝以益州重地，尝谋帅以命宋公祁。宰相对曰：“蜀风奢侈，祁喜游宴，恐非所宜。”宋朝不从，卒遣之。公先奉诏修唐书，因以书局自随。至成都，每宴罢，盥漱，辟寝门，垂帘，燃二椽烛媵婢夹侍，和墨伸纸，望之者，知公修唐书，若神仙焉。尝宴于锦江，偶微寒，命索半臂，诸婢各送一枚，公视之，虑有厚薄之嫌，讫不服，忍冷以归。旧俗传夸，以为谈本。田公况赏为成都遨乐诗二十一章以纪其实，而薛公奎亦作何处春游好诗一十章，自号薛春游，以从其俗。此皆可以想承平之遗风也。

# 077~085

## 第十五章　灌县与郫县

# 15.

# 灌县与郫县

四川灌县之水利，在史地上极著称，即今之言水利工程及生产事业者，亦不可漠视。本团同人，于二月十五日，与何北衡、康纪鸿、曹仲英诸君，分乘汽车两辆，出西门，驶赴灌县，约一百二十里。平畴引水，阡陌纵横，途中询熟于田事者，据云：成都以西之田，年三种，一谷，一麦，一烟（烟菸），土肥沃，他处不及。一亩田（二尺五寸一弓，横十六弓，纵十七弓，为一亩），年可收谷二石至三石，麦一石五斗至二石，烟一石五至一石八。种豆亦多，但有土处皆可种，不必在田间也。车抵灌县，晤县长杨某及水利知事周郁如，同至老王庙。老王庙者，纪念秦蜀守李冰治水之功，川民尊祀之，以为千秋庙食之地。大殿供李冰神像，杨县长款宴吾人于离堆上楼房之间，离堆横当急流，都江堰了然在望，堰水来自岷江万山丛错中，奔腾澎湃，至此分流。据传李冰命其子二郎，凿离堆作堰，分岷江为内外二江。内江为沱江之源，外江为岷江之源，《禹贡》所谓岷山导江东别于沱者也。引灌农田数百万亩，年可获谷千数百万石，间于城隍庙山与离堆之中者，流深湍急，曰宝瓶口，宝瓶口宽七丈半，壁上有水量尺，深时高出水面二十二尺以上，现以值水落期，仅出水面六尺，其下则深窈难计。此间水患常在每年七八月间，去年之水最大，灌邑被难者三千八百余户，损失在六百万以上。往昔亦有大水二次，一在光绪四年，一在民国九年，故水之为福为祸，系于办水利者之身甚大也。由内江向内流者，分三支河，曰走马，曰白条，曰蒲阳。灌溉区域为灌县、崇宁、郫县、新繁、新都、成都、华阳、金堂、彭县、广汉等县。外江系岷江正流，分六支河，曰沙沟，曰黑石，曰江安，曰新开，曰羊马，曰杨柳。此六支流灌溉区域，则为崇庆、灌县、温江、双流、郫县、华阳、新津等地。内外江分出之九大支流，全恃都江堰，以为分配调节之枢纽。否则，旱涝不时，难免偏枯之患。都江堰每年开堰二次，外江在立春开，霜降时即断其流，俾水流入内江。内江则于立春时断流，清明节开堰。在索桥（即安澜桥今废）之左近立杩槎，以为开断水流之用。又有分水鱼嘴之工程，用鹅卵石笼篼装成作堤，以分配内外两江之水，盖水量因时节异其涨落，必用此种调节方法也。昔李冰作治水六字诀（见二郎庙墙壁上之碑文）：

深淘滩，　低作堰。　六字旨，　千秋鉴。
挖河沙，　堆堤岸。　砌鱼嘴，　安羊圈。
立湃阙，　留漏罐。　笼编密，　石装健，
分四六，　平潦暵。　水画符，　铁桩见。
岁勤修，　预防患。　遵旧制，　毋擅变。

前六字为李冰遗刻，其下诸句乃后人续之，盖为内江立言，滩须深淘，堰水乃得畅流无阻。堰须低筑，洪水乃不致淹没田畴。此训至今守而勿失。其中各句，乍读之不能全解，后得水利知事周郁如为吾人解释，始得了然。近有人主张在灌县设水电厂，据周君云，灌县水量不大，每秒仅五千立方尺，入夏虽亦有数万匹马力，但一年中

灌县宝瓶口之急流

灌县离堆

有四个月无用，只一千马力而已，枯水时只有数百马力之把握，不似大峡间常年得二万匹之马力也。故水电厂仍以大峡平善坝为有希望，灌县实非其地云。楼前俯视，见木筏自上流冲荡而下，同游急为摄影。离堆下有象鼻岩，舟撞之，靡不立覆。象鼻下悬铁链，用以救覆舟者。唯上有大禹岣嵝碑，盖摹刻也。吾人随同领导参观者，由人字堤飞沙堰上溯，至金刚堤新工鱼嘴安澜索桥一带考察，见外江之水全涸，工人负上流冲下之泥沙，及河底之大鹅卵石，往来不绝，闻工人每日平均须有六十负，仅足获一饱，噫，亦苦矣！复渡内江赴玉垒，大木船横江，以粗绳牵系两岸，恃大树为架以行，不用楫，防急流冲激震荡而下也，此间自索桥废圮枯水时即用此舟渡人，不知在洪水时如何耳。

灌县之上流岷江，壅塞积水，去年八月二十五日，因地震过甚，迭溪地方，及毗连之较场坝小关子等处，相继崩陷，纵横数十里，居民数百户，沦入地底，为空前未有之奇灾。接近迭溪各大山，被震过甚，亦遂呈最大之崩溃，塞断岷江数段，至今尚有余震，流沙滚石，状至可怖。至于震陷之原因，据四川大学地质考察团周晓和氏之报告：谓该处以后必有变动，但在何时发生，尚未可知，盖因该处已成朽坏，加以风雪剥蚀于上，岷江冲刷于下，且其岩层裂缝甚多，难免不再崩溃也。更就其地质构造而言，则自灌县以至迭溪之间，曾受火层岩之侵冲，以致水成岩石，或被掀起，而皱褶甚大，地层几至壁立。如灌县以北之白垩纪及侏罗纪地层是也，或被挤压而变质甚烈，如自灌县以至茂县以北之志留纪地层是也，以水成岩而论，灌县附近之皱褶，与迭溪情形，大约相同，唯迭溪一带，断层较多而已，灌县附近，为白垩纪砾岩及侏罗纪石灰岩，茂县以北，自马路顶（高出海面二千三百二十米）至迭溪（山顶高出海面二千五百米，小关子为二千六百二十米），亦为与灌县附近相同之岩层，但因灌县位于岷江峡谷之末，受成都平原湿润空气之调节，雨量适宜，植物繁茂，岩石遂被植物保护，而迭溪则当正岷江上流，冲刷作用甚剧之处，又加以峡谷之风异常猛烈，岩石本身既多裂缝，又无森林保护，受此两种影响，已有崩溃之虞，更加剧烈之地震，遂令该处不幸而有倾陷之灾云。吾人亦拟就近一往考察，冀得亲见此空前未有之奇灾，后为领导游灌人所阻，乃罢。

当日同人偕游二王庙，二王庙特宏壮，古名伏龙观，盖纪念李冰之子二郎者，二郎史书失名。考都江堰沿革，自大禹岷山导江后，迄周之季，蜀王杜宇相鳖灵，决灌江玉垒山以弭湔水之患，蜀之水害始除，水之利尚未兴也。至李冰父子治蜀，而后兴利除害，同时并举，冰为周慎靓王时人，慎靓王五年，秦伐蜀，取之，冰以张仪荐，仕秦为蜀守，距今约二千八十六年。冰守蜀，作大堰，以扼蓄泄咽喉，称都安堰，即今都江堰，蜀以此无饥馑，号称天府。其作堰破竹为笼，以石累其中（今犹循其法，不变），或镇以石牛石人，设象鼻鱼钩护岸，其子二郎，功尤大，并曾作五石犀以压水怪，穿石犀溪于江南，命曰犀牛里，与其友七人斩蛟以除水害（按《西游记》，玉皇命二郎讨孙悟空，二郎入灌江，据庙恶斗，当即指此处。今人作《中国之水神》一书，言之綦详。水神之说，当然非真正事实，但人民因信仰之深，故意炫作神奇，如关羽、张飞在生前不过为一名将，死后在川省竟为最威灵之神圣，实事同一例也）。后乎李氏父子，以疏导修浚都江堰著称者，在元有吉当普，在清有丁宝桢，吉当普佥四川肃政廉访司，因堰为民患，乃巡行周视，治理内外两江堰渠，以铁六千斤铸为大龟，贯以铁柱，以镇其源，而捍其浮槎，诸堰皆甃以山石，范铁以关其中，取桐实油和石灰麻丝，以苴罅漏，岸善崩者，密筑江石以护之。上植杨柳，旁种蔓荆，栉比鳞次，赖以为固，所至或疏旧渠以导流，或凿新渠以杀势，遇水之会，则为石门以启闭而泄蓄之，凡智力所及，无不为也。功成，元帝诏揭傒斯制文以旌之。清川督丁宝桢，以旧制竹笼不坚，岁修累甚，于光绪三年，奏请以十万金大兴工役，前后亲勘十二次，均易以石堤，复炼铁键之。已而汛作，堰工冲损三十七丈，今所称之羊圈，即其遗址也，盖治水莫妙于导，莫险于防，导则势顺，防则势逆，所谓羊圈者，全取防堵之势，故溃决不可收拾，在当时科学未明，且未详测高低流量流速，故有此失，设石堤中凿小孔或筑堤，不求过高，未必全工尽弃，今蒲阳、柏条两河分流之丁公鱼嘴，亦其遗迹也，地势适宜，后之治堰者莫能改易之，其失败虽可惜，其勤劳亦可佩也。今之为政者，肯专心致志，又能用科学方法，为人民兴利除害者几人欤？吾方馨香祷祝以求之。抑吾更有最所不喻者，吾国无论治学或治事，愈古则愈精，世愈降则愈不振，如此间治水，迄今犹无以胜李冰父子之成法者，何也？

二王庙外，壁书放大字，曰：“湛恩江瀛，不在禹下”，内有赑屃负碑二方，曰“顺流同轨”，曰“饮水思源”。六字诀（见上）之左右，有碑曰“过湾截角”，曰“逢正抽心”，均非泛泛之联，有深切意义在也。登山腰之王殿，见香火甚盛，忽悟迷信古人，不求深进，乃吾国民族性之病根，先进国家之人民，事事求胜于古人，故进步极快也。次上所谓元始天尊之阁，遥望对面之老城山及青城山，峰回峦合，远插云表，恨为团体行动所限，不能深入畅游，无任怅惘！玉垒山在寺后，即工部诗所谓“玉垒云浮变古今”者也。后经虎头岩（上有关）、凤栖窝、三道岩（形如鸡爪之三指）等山路，而返灌城。

灌县产药材甚多，川芎产量一百万斤，泽泻三十万斤，贝母二万五千斤，虫草二千余斤，此为产量较大者，鹿茸市不甚佳，近已毕盘，全部交易额，在三万元左右。其他各种药材，皆跌价，如虫草前月售价十五元一斤，现仅七八元。贝母一百斤，前月卖五百五六十元，现亦仅卖四百余元。其他若茶叶之类，出产亦不少，运销系由灌运重庆，出口，唯运费与捐款至巨，商人裹足，川药之不能日臻发达，守旧法固为一主因受，税捐繁重之影响，实亦重大。入城后，至县政府前登车，匆匆离灌。

路过郫县，偶绕道一游。郫县盖秦所名，俗名杜鹃城，李雄据蜀，为都城于此。车进西门，出南门，街市湫隘，屋宇低平，居民见汽车至，争出观，吾人因时间仓促，未拜会任何人，仅至望丛祠，一度瞻仰。望丛者，指望帝丛帝而言也。昔称望帝曰杜宇，称丛帝曰开明，曰鳖令，又曰鳖灵，丛帝本为望帝相，俗传望帝在蜀，娶蜀山氏女，后不幸为丛帝占有，位亦被篡，望帝悲愤哀泣，死后化啼血之杜鹃，此说不经。按扬雄（雄郫县人，字子云）。《蜀王本纪》云："蜀王之先名蚕丛，柏灌，鱼凫蒲泽，开明，积三万四千岁。"《华阳国志》云："周失纲纪，蜀王杜宇称帝曰望帝，会有水灾，其相开明，决玉垒山以除水患，帝遂禅位于开明，升西山隐焉，时适二月，子规鸣，因名子规曰杜宇，曰望帝。"《成都纪》云："杜宇继鱼凫之地，秦蜀王灭蜀，封公子通为蜀侯，望帝伤之，悲鸣而死，化为杜鹃（一名子规）。"高适诗："子规犹是蜀王魂"，李商隐诗："望帝春心泣杜鹃"，杜甫《杜鹃行》："君不见昔日蜀天子，化为杜鹃似老乌。"自是成为文坛常援用之故实。祠门榜曰"功在田畴"。吾意望丛者，先民为农蚕而想象出之主神耳。后有园林，台榭亭阁，点缀于幽径古邱间，民国八年熊克武、但懋辛为望丛修墓道，丰碑矗立，东西相望，但氏书刻，一曰古望帝之陵，一曰古丛帝之陵。虽云好事，亦以志古。游罢登车，再疾驶返蓉，比入西门，已电炬通明，初更时候矣。

游郫县时，偶忆杜子美诗"酒忆郫筩不用沽"，初不解其何意，据云郫县有一井，井边有竹，截竹为筩，以汲井水，水变为酒，他竹则否，竹尽则井亦凡水矣，至唐时已无，故曰忆井水为酒，故不用沽。又按宋范成大《吴船录》（一名《出蜀记》）云："郫商截大竹，长二尺以下，留一节为底，刻其外为花纹，上有盖，以铁为提梁，或朱或黑不漆，大率契酒竹筒耳。"《华阳风俗记》所载，乃刳竹倾酿，闭以藕丝蕉叶，信宿馨香达于外，然后断取以献，谓之郫筒酒。予在郫未见此筒，后至绵阳，见以竹筒盛豆油者甚多，想系旧法别用耳。至范记所云郫邑屋极盛，家家有流水修竹，犹为壮镇云云，以吾人今日所遇，殊不胜盛衰兴废之感矣！

# 086~089

## 第十六章　离蓉之前夕

# 16.

# 离蓉之前夕

成都小住，倏已一旬，出发之期，决定于二月十九日，赴川北者三人，为章先梅、刘斯达及予。赴西康者四人，为唐惠平、陆诒、苏德政、王振寰。一切行装，均准备就绪，吾侪相聚数十日之同游，不得不暂时分手说离愁矣！未离蓉之前，尚有两事足为读者告：

（一）四川大学之参观。四川大学分两大部分，一部分在皇城内者，为文学院，及附设高初中，一名成城中学；一部分在南校场者，为理法两学院，皇城今仅存城门三道，城内均为校舍，去年曾有校舍被政府当局拍卖之风潮，因教育界反对极烈，业已停止拍卖矣。

予于细雨蒙蒙中往访该校，校长王兆荣及文学院长向楚（仙乔）承陪同参观一周，古旧校舍，阒无其人，盖在放寒假期中也。该校常年经费六十万元，实际能领到者不足五十万，闻川省税收超过二万万以上，用之于教育者，仅千分之一耳。学校精神所以不能奋发，经济影响，实最大原因之一也。校址本为师范大学旧舍，今师大已并入川大矣。皇城内旧有存古学堂，今改为存古书局，局中刻印线装书甚多，如廖季平之经学著作等，代卖之书，如王湘绮、张之洞之著作亦多，盖因张、王均曾在成都主持书院事，与川中文化颇有历史关系也。此外近人以诗文著者，自刻诗词集亦不少，予选购林思进（山腴）《清寂堂诗》赵熙（尧生）《香宋词》各一种阅之。林、赵均蜀中老名士，为宋诗皆清新可喜，林之言曰：“五际四始谈革命，哪知世有胡适儿”，未免倚老卖老矣！赵工书，并尝好改良民间曲如《琴探》等，流行极广。南校场理法两院，予曾访见理学院长周太玄，法学院长吴君毅，谈甚久，知法学院不久将迁移皇城内，与文学院合。俾理学院可渐次扩充，理学院仪器设置颇齐备，盖得周君之力，向文化教育基金委员会少得资助也。周君之意，以为办教育须重实际，不在表面上做功夫，北平燕京与清华二大学，都嫌太过富丽，近于浪费，其言亦实有见地。

（二）姑姑筵美味之尝试。姑姑筵之主人黄敬临翁，年六十二，曾于清朝时代供奉于大内，精烹饪，调味之美，古易牙恐不能过。此次刘督办特宴吾人于姑姑筵，见翁所撰白话联云："可怜我六十年读书，还是当厨子；做得来二十二省味道，也要些工夫。"又"做些鱼翅燕窝，欢迎各位老爷太太；落点残汤剩饭，养活我们大人娃娃。"语意中至有风趣。翁喜抄书，家藏万卷，多精本，手自抄之，每日十页或五页，不间。今所抄成者，已盈箱满架矣。予见其工楷细书之《通鉴》抄本，叹为足与四库抄本媲美。刘督办赠以诗云："久耳佳肴说静宁（翁之字），果然一饱两情深。长才治国烹鲜手，新妇尝美试味心。怀抱已饥惭饭颗，招邀朋飨契苔岑。相期灭寇来朝食，痛饮黄龙共酌斟。"翁为人办一席，必三数日前预约，不合意之人，每重金不能得其一菜也。全家男妇均善烹饪，室宇布置雅洁，牙签万轴。手自揣摩，杯箸营生，以终余岁。其子别张一帜，铺名"不醉无归小酒家"，七字长名，他埠不多有，而成都竟自此竞相仿效，风行一时，盖蓉人优游迟缓，好整以暇之表现也。

离蓉时，购蜀锦，以作此行之纪念。蜀锦制被面，最美观。《游蜀记》云："成都有九璧村，出美锦，岁充贡，宋朝岁输上供等锦帛，转运司给其费，而府掌其事。元丰（神宗年号）六年，吕汲公大防，始建锦院于府治之东，募军匠五百人织造，置官以莅之，创楼于前，以为积藏待发之所，榜曰锦官。建炎（高宗年号）三年，始织造锦绫被褥。有花色五十三种之多，此蜀锦被面织造之沿革也。”迄至今日，营业未能大昌于世，以与舶来品争，花色质料亦渐不如古，乃更闻蜀锦中，尚有不免搀杂人造丝者，是大可痛心已！

# 090~099

## 第十七章　向川北进发中

# 17.

# 向川北进发中

## 新　都

二月十九日晨由成都出发北上，是时适二十八军有戍区十三县考察团之组织，与本团三人合并往川北进发，共得长途汽车一辆，人多至二十六人，车中拥挤不堪，行三十里至新都县，入城小憩于县政府。县长胡恭叔宴两团体于桂湖公园，桂湖为川中名胜之一，明杨升庵先生旧居。升庵名慎，字用修，号升庵，新都人，著有《升庵集》，诗文以华瞻胜，另有杂著一百余种，其记诵之博，著作之富，推为明代第一。今公园中有老桂二百数十株，中有二株，云为杨升庵手植，桂香时节，游人最多，楼榭亭台，亦颇费经营。倚城郭筑观稼亭，原野之富庶，举目可见，真所谓鱼米之地也。按鱼米二字，蜀人称沃土之意。本《前汉书・地理志》，巴蜀民食稻鱼，无凶年忧。唐田澄《蜀城》诗曰："地富鱼为米，山芳桂是薪"，似在新都之作，俗以余米二字代鱼米，实非是。新都产米及烟叶（淡巴菰），成都市上有土制多量之雪茄烟，味美而价贱（铜元六枚一支），即新都与金堂之产品也。餐后赴城外游览宝光寺，寺为唐僖宗时代所建，毁于张献忠，今又焕然一新矣。庙宇崇闳，五百罗汉堂，较杭州灵隐寺中所有者，胜过十倍，并有整石凿成之舍利子宝塔，分内外两层，精巧无匹。又有玉雕之观音，晶莹泽美，闻系来自印度者。寺僧名无穷，喑不能言，昔参加黄花冈战役。同游告予，吴佩孚亦尝住此经年，故门首犹有吴之赠匾云。

# 广 汉

下午值二十八军独立师参谋长陈谷生自新都赴广汉，蒙招本团三人与同车，座位始稍舒适，车行三十里，过汉平西将军陈仓侯马岱之墓，下车摄影。附近又有张化庙、武汉津、金雁桥等胜迹，后行六十里，抵广汉。广汉治绩颇著，公园马路电灯及平民工厂等均备，尤注意于救济事业，闻独立师师长陈离（字静珊）之功为多。县长罗乃璠，招待吾人往广汉公园内。公园修自民国十四年，系辟文庙前之地亩为之，广大远过桂湖公园，茶馆、网球场、寄宿舍、演讲厅、书报室、体育馆一一俱全，并罗致古铜、铁、石器多种。有一石，镌房公石三字，盖谓房琯遗物也。琯奉唐玄宗幸蜀，后使灵武，肃宗诏持节招讨西京，兼防御蒲潼两关兵马节度使。琯在蜀久，曾于上元元年八月为汉州刺史，汉州即今之广汉县，尚有房公湖，房牧此邦时，凿有诗，存焉。此石闻系自房公湖运来者。吾人寄宿之处，乃在文庙两庑下，生而享受吃冷猪肉之风味，古之人虔修毕世，不能得也，吾侪亦足以自傲矣！广汉决算，收入每年三八九二四三元，支出三七八九六四元。出产以水果最多，连山镇之桃林，连绵数十里不断，较之沪上龙华，实伟大蕃茂多矣。总之新都与广汉两县，在地理上、在政绩上，均足为川中优越之区，而广汉尤胜。广汉男女教育，亦尚发达，有男初中女师范学校各一所。体育方面，爱打网球之风气甚盛，军部中人及县长均乐此不疲，盖承成都之风气而来。“城中好高髻，四方高一尺”上行下效，固伊古已然。至于广汉政治，颇收军政合作之效，据该县第五次行政会议纪录所载，关于公安、财政、建设、实业、教育、自治、救济、司法、行政及团务方面之兴革甚多，吾人所曾参观之第一、第二两平民工厂，及地方医院等，亦可见一斑。闻尚有孤儿院（附育婴事务）、残废所（附盲哑学校）、劳工旅舍，惜以时间不许可，未能一一参观，殊属憾事。农田水利方面，设有区水利委员会负责办理之，修筑境内马路，现正动工建所辖区内之石桥，一俟工竣，再铺碎石子路，唯因该县属城都坝子之区域，境内为一片平原，无出石之山，大石产地较远，须运自百里外，费用自不免较巨耳。

## 德阳翻车

二十日车过德阳县，忽发生一大不幸事，事后思之，犹心神为悸，险哉。区区不值钱之旅人生命，侥幸拾得，今日犹幸能向读者执笔饶舌，未为蜀道艰难中之牺牲者，想亲旧闻之，必为我额庆不置也。当吾人车离广汉，人多载重，先过所谓金鱼桥者，桥高而长，半为石筑，半为木建，下临大河。搭木之桥，木多腐折，危栗万状，经过之时，二十六人莫不各捏一把汗，幸汽车夫左旋右折，竟得脱离险境，迨至午刻十二时，抵德阳县白衣庵。忽然车身一震，轰然陷落，桥下前轮倒竖，后轮入河，马达停声，乘客呼痛。幸桥身不大，恰容一车，河仅浅流，未遭没顶之灾，同人中唯刘斯达伤鼻，流血如注，予仅微擦破嘴唇而已，其他各人均安然无恙，乃次第爬出车外一视，有数农人，前来围观，细察桥木，根根腐烂，若前面二轮，先行陷下，则汽缸一炸，同人必全数死于非命。即不然，车一坍倒，重伤者亦必有若干人。今如此，可谓不幸中之大幸矣。同行川人某君，大骂农人见桥坏不报信，呜呼，此岂农人之罪欤！

同人既出险境，各检行装，雇鸡公车载之以行。予与章先梅君，一路歌笑，奔向德阳（白衣庵距县城十里），自庆更生，乐乃忘倦。德阳为汉孝子姜诗、孝妇庞氏之故里。按《太平御览》，姜诗母好食生鱼，饮江水。诗至诚之感，一朝涌泉在于门侧流，引江水以给羞馐。为俗称二十四孝之一。今犹有孝子姜诗之坊竖市中。县城已窳苦万状，坐茶铺小息惊魂。各雇人力车一辆，向罗江县进发，绕道谒落凤坡庞士元（统）之墓。予戏为德阳翻车诗云："烂朽桥梁奈若何，车翻全部入溪河。不须前路寻庞统，到此（指白衣庵）先惊落凤坡。"坡前荒径一条，丰碑七尺，有文曰汉靖侯庞士元墓，地势并不险峻，竟于此处死凤雏，异哉！以时宴，未进至白马关游览，是夜，宿罗江城内。

## 绵 阳

次日仍乘原车，向绵阳进发，过挽登古道，遇二十八军第五师士兵，载辎重军用品等，开赴前线。午后抵永兴场，土名兴店子，距绵阳只三十里，稍事休憩。下午四时到绵阳城，寓县政府。县长刘云锦，适因公赴省，由第一科科长汪洛招待，署内有所谓求生堂者，宋欧阳修之尊人崇公在绵官推事之故址也。城内又有六一堂，纪念欧公。绵州城外河内产鱼味美。工部《观打鱼》歌："绵州江水之东津，鲂鱼鲅鲅色胜银。"所谓江，即涪江也。据汪洛谈，绵阳户籍，按之二十年调查结果，户口八万三千〇三十户，男丁二十万〇八千六百二十八口，女口一十七万五千八百〇八口，全县城丁共三十八万四千四百三十六口。绵阳疆域，东西一百三十里，南北一百〇五里，全县面积，共一万三千六百五十十里。出产最著名者，为麦冬、丝米及丰谷井、地方之酒及盐等，唯丝业现已日就衰落矣。绵州之豆油（即酱油）亦佳，用长竹管盛之，通常作馈礼之用。名胜方面，以昔刘备、关羽晤面处之富乐山为佳，又享祀诗人之李杜祠，距城亦甚近。予等因即须赶路，未前往。本县为二十九军驻区，副军长孙德操，亦于日前晋省，未晤。晚政治部宣传科长黄静修等来谈，久久始去。

二月二十二日晨，乘滑竿赴魏城驿。自过绵阳，山路崎岖，无复宽敞马路可走。只得以滑竿代步，滑竿夫之代价，每一乘不问二人抬或三人抬，仅需付三百文一里（三百文即川铜元一枚半），行百里，三人合分三十吊，合之银币，只一元余，路上食宿，尚须自付，若连鸦片账算之，每日每人绝无赢余，此等人之生活，真牛马不如，可为一叹。本日行六十里，宿于魏城驿，驿站荒凉。食宿甚为苦劣，闻此处在古代为繁盛之区，惜今非昔比矣。二十三日过宣化驿，至绵州北界之罗汉桥，过此便属梓潼县境。

绵阳特产麦冬，年可获利数十万，盖麦冬一物，除潼属有极微之产量，其他各县均不出产，绵阳得独专其利，因是农村现状，藉以暂时维持，兹将麦冬生产状况，调查如次：

*产额*　凡种麦冬之地，须肥沃平坦，东西既全属山地，瘠瘦干燥，难以下种，唯西南乡为平原，所有土地大多栽种麦冬，每一亩地上乘者年可收二百斤，中平者一百五十斤，下者百斤，综计每年可产五十余万斤，合五千余担。

*种法*　在每年春三月之际，即为收种播种之期，收割时只须将麦苗由土内拔出，将麦冬摘下，用水洗净晒干即成成品，种植时亦毫不费力。盖麦苗十年不死，盖苗茎摘去麦冬后，仍将其插栽入土，即可繁殖，一到次年，又可收获矣，但有初种之家，例须向人分购麦苗，

每亩苗值约五元左右，苗茎插栽后，须按月施肥除草，经一周年即告成熟。

**售价**　往年价格平均每担仅售洋五元左右，直至最近数年，突然陡涨。始而涨至五十余元，继则由四十至五十，至七八十，至去年竟涨至一百三十元一担，合一元三角钱一斤，按此为近十年最高价，今年则跌四五十元之间，估计今年全县麦冬总值，当在二十五万元以上，去年则值六十余万元，如能改良种植，所产决不止此，且质素必更优良。

**销路**　麦冬系一种土药，其用途甚广，销路亦甚宽，一出土后，即有商人承买（农民全在本地出售），麦冬除由旱路运销甘肃、陕西等省约十万斤，其余数额，全由水道经重庆运至沪汉一带销售，获利尚丰。

**捐税**　本地农民出售时，必在市上过秤，每百斤纳牙行税两角。由教育局经收，商家接购后，即装船运渝，大概每船可载三四万斤，水脚最高时每船运费曾超出五百元，现在四百元左右，沿途捐税计由绵到渝，每斤麦冬，平均共被抽洋一角五仙左右，每一万斤须缴税一千五百元，抵渝后即改由轮运，长江一带仍须缴纳税捐。

**利益**　往年麦价抵平，栽者甚少，农民多系附带种植少许而已，近来麦冬价既高涨，而赋税又重，农民多改种麦冬，凡种田三十亩之家，必栽麦冬五亩以上。盖以现在价值计算，五亩之麦冬即中平之土，亦可产七百余斤，年可净得四百余元之利，补益诚为不小，如麦价能涨至去年价格则获利更多，近年有穗田（佃农）三四十亩之农人，因种麦冬五六亩或十数亩因而获利购田置地者，已为常见之事，且麦冬须子可以饲猪，又可获一微利。

**潼产**　除本县外，潼川之属涪城坝周围十里以内，亦产麦冬，虽质较绵产为佳，唯以产地过少，年只可收三四万斤，与绵阳相较，仅为百分之五六，获利固远逊于绵阳也。

## 梓　潼

梓潼县属之石牛堡，土人以石刻牛，砌石室祭祀之。每逢旧历四、七、十赶场，交易货物。按明遂宁李实《蜀语》云："入市交易曰赶场，三六九为期，辰集午散，犹河北之谓集，岭南之谓墟，中原之谓务。"至日期则各地不同，有一二八者，有三六九者，亦有四七十者。梓潼境内，文昌宫甚多，石牛堡亦有一行祠，香火甚盛。予等过镇，因适为赶场之期，故乡人麕集。唯交易者皆不过衣食物用所需，绝不见有奢侈品。茶店有数乞丐，乔装金面神，手持钢鞭及元宝，不发一语，向人乞钱，甚可发噱，自此又三十里，乃为九曲水、七曲山，文昌帝君发祥地之梓潼县城矣。城内萧条冷落，街市寂无行人，白昼家家掩户。予等住文昌宫隔壁教育局内。

傍晚参谒文昌帝君祠，城内之祠，亦为行宫，正祠在距城二十五里之大庙山。明日须经过，行宫中有吴道子绘之文昌帝君像，系石刻。按文昌本名张亚子，仕于晋，因报母仇，杀人，匿避大庙山。又为国歼贼，死难，土人因其忠孝两全，祠之为神，千秋血食。梓潼又有三汉碑，一曰李公碑，完全无缺，至今保存于李业祠内。一曰贾公碑，已破碎无余。一曰杨公碑，在北门外里许之野外，亦残缺，予特往观摩久之，乃土人以此石为神，朔望烧香礼拜，谓内有观音菩萨云。康南海《广艺舟双揖》所谓绵州三阙者即此（梓潼昔属绵州）。予特托张年县长拓寄李、杨二碑，行色匆匆，未及携行，兹以为念。

廿四日大风，别梓城，过古剑泉及送险亭，有坊曰“坡去平来”，盖指自陕入蜀而言。若吾人向北而行，则可谓“平去坡来”矣。至七曲山（即大庙山），沿途古柏参天，大可数人抱。自此以往，直至剑阁县为止，每数步必有一株，多至五六千以上。两旁树干上，均用木牌标明号码，严禁采伐，或谓为汉柏，系诸葛亮或张飞所植，要不可信。据熟于掌故者言，实系明代某太守所种，盖五六百年之老树。夏季夹道笼阴，凉风习习，行人便之。有人言，其中有一株柏半边为松，予留心观察，并未及见。

## 七曲山

大庙山之文昌庙，壮丽雄伟，有大牌楼曰“山海寺观”、“凤龙胜概”，庙前额曰“帝乡”。照壁有“壮观天地”四大字，拾级而上，院宇崇闳，石刻帝君著《大洞经阴骘文》，殿后有启圣祠（文昌之父）、桂香殿、百尺楼、风洞楼、家庆堂、时雨亭等建筑。檐牙高啄，各具胜概，昔张献忠窜蜀，与张文昌有“咱老子与你联宗”之雅，故院宇保存至今。又献忠未杀裴、贾二姓，裴、贾子孙为献忠塑一绿袍金脸之像于文昌殿后以报之。至乾隆七年，绵州知州安洪德，毁献忠像，为立碑记。寺僧导吾人观文昌居卧之洞，及所谓“盘陀仙迹”者，石上塑文昌坐像，下有应梦仙台，此外尚有晋柏一株，枯槁如化石，老干纵横，皮已蚀剥，斜倚一石砌围垣内，令人油然生思古之情。

## 郎当驿

别寺僧再前进，午抵上亭铺（即郎当驿），唐明皇幸蜀闻铃处。

大风峻急，山霾压人，偶得七绝一首："山深坡险驿荒凉，凄厉风催客断肠。蓦忆雨零铃夜里，千秋一曲李三郎。"茶亭内值二十八军军长邓锡侯氏自昭化派来之欢迎人员少校参谋刘明伦君，相与偕行，是夜宿之武连驿。

## 武连驿

武连驿之觉苑寺，为宋代建筑，大殿四壁，有明代仇十洲派之壁画，直接用笔绘于墙上之工笔彩色画，自墙根以至屋顶，历绘释迦牟尼年谱，故事回目了然，颜色明艳如旧，用电筒照之，人物楼台，一一可见，现已用木栅护之，以防侵坏，此真艺术界之至宝也。寺内又有大历五年正月颜真卿书之"逍遥楼"三大字，宋绍兴十年之碑记，庆元丁巳苏轼之治路种松碑等。

二十五日晨上五里高之坡，朝阳烘炙，林霏嘘温，健步跻攀，汗流浃背。坡名武侯，上有武侯祠，祠外一大石碑，刻魏文贞公故里字样。次过垂泉铺，土人谓昔张飞率师过此，口渴无以饮，怒而斫地，泉水涌出，故曰垂泉铺，不经之谈，亦助笑之资料也。又进为柳沟铺，夜宿剑阁县（自连驿至剑州八十里）。

# 100~104

## 第十八章　长路关心悲剑阁

# 18.

# 长路关心悲剑阁

四川北大道，为古代陆行朝京师者所必经。或担簦蹑屩，或肩舆舁行，或驴马代步，交通方法，至今未改。每日至多八十里，少仅四五十里而止。川中小旅邸门前，所常悬红纸糊成之四角扁平灯，上书：“未晚先投宿，鸡鸣早看天”字样，待至北大道上，始更觉其言之亲切有味也。盖若已晚再行投宿，必有遇“棒老二”之危险。棒老二者以棒击人之匪徒耳。此系蜀谚，为别省人所莫能喻其义者。至于鸡鸣看天，亦属必要，倘遇天公不作美，则必至寸步难行。吾人“晓行夜宿非止一日”，正有合于小说书上所云云者，诵“鸡声茅店月，人迹板桥霜”、“世间何物催人老，半是鸡声半马蹄”等名句，竟仿佛此身已化作古人矣。

自梓潼县以上，吾人所雇之滑竿，即已备而不用，上山下山，徒步犹难，负人于肩，自更吃力，为人道设想，固不忍坐，且为避免颠踬起见，亦以安步当车为宜。

当余未至剑阁县时，因读“云栈萦纡登剑阁”之诗，脑筋中乃有一错觉，以为剑阁县必在山巅，且必有一巍然高耸之阁如剑之矗立者。奚知大谬不然，剑阁县乃陷落于四山围绕中，低洼卑陋，乃不足道，雄峙著称之剑阁，实在距城七八十里以外之剑门关也。至于如云起之栈道，早成陈迹，吾人迄无缘一见，引为憾事。

剑阁县唐名剑州，宋改隆庆府，元仍为剑州，明清皆属保宁府，民国改为剑阁县。全境约四百八十七方里，多山而少田，地极贫瘠。

吾人住女子高等小学内，学校早已停办，马溲草料，遗积满地，草草寄宿一宵。全县人口，并无统计，居民迷信异常，驱疫迎神，锣鼓喧阗，市上有所谓白面鬼者，身着孝袍，头戴白色高帽，手执芭蕉扇，见人即挥扇不已，谓可骗除瘟疫。帽上书“喜笑不语”四字，市民竞予以铜元，袖之，掉首去。此可与石牛堡之金面神称无独有偶矣。傍晚，予方以头晕偃卧，忽有一随弁兵之老者来，伊一见正在栉沐之章君，即口称“吾吴县长吴龙骧是也”。章君接见之下，连呼“失敬、失敬、久仰、久仰”，正寒暄间，予亦急起身着衣，因在黑暗间，不及一见此自称县长之吴先生真面目，彼旋即匆匆别去，至今深为歉然。夜县长以大红帖来请客，予等方入市与邑人谈民生疾苦，未赴宴。

二十六日冒雨离剑阁县，至汉阳铺午饭。下午晴，过所谓“山隈濠梁”者，高冈矢直，宛若桥梁，故又名天生桥，远望大小剑山。在云雾中，千峰竞秀，作横列状。巫峡之奇美在纵而长，剑山之奇美在横而张，真蜀中两大壮观也。夕阳西下时，抵剑门驿，驿距剑门关仅半里许，予等一卸行李于驿店，即驰赴关口。关外烟霭，如飞絮游丝，涌入缺处。两山之脉，至关口中断，峭壁平分，重崖相嵌，如剑斯植，如门斯辟，山石均为碎块凝成，坚不可裂，自关外仰望剑门，尤为瑰严奇绝。剑阁之建筑，下为砌石之城垒，上为涂丹之层阁。连山绝险，适阻通衢，左倚危岩，右临绝涧。关上有“天堑雄图”、“蜀门镇固”、“眼底长安”等字样，联语及碑记亦多。予犹忆王亮一联云：“古阁势崔嵬，数百丈壁垒重新，地接岷峨，气吞秦陇；雄关形壮丽，亿万载江山如故，层峦滴翠，列嶂开丹。”出关拾级下数百武，回视高峰插云，悬崖回抱，凿石架空，当关据险之胜概。诵少陵：“惟天有绝险，剑门天下壮。连山抱西南，石角皆北向。两崖崇墉倚，刻画城郭状。一夫怒临关，百万未可傍。”之诗，始知其形容果不谬也。崩石陨溪，潺潺下泄，苍苔湿藓，益见窈深，而山半寒鸦犹盘旋于平林暮霭间，一抹红霞，返射层岩上，丽伟绝伦。偶得句云：“连峰七二乱云环，绝壁天城未可攀。我自孤吟行剑外，夕阳无语上雄关。”关口值一人，芒其鞋，裹其腿，短服科头，俨然一彪形大汉也。突阻吾人去路，大声询吾人是否来自沪上者。众为愕然。继而伊自报其名，乃知为画家吴一峰，亦苏人，前曾肄业上海美专，现任川大美术教授，方自昭化来也。伊读报，悉吾人来川，今在此间值多数着西服者，故揣知必为来自沪上者。相与握手言欢，宛若故旧。吴君好探幽寻胜，曾在川步行数千里，不借力车马。夜同寓剑门驿。是夜适为春灯节，驿镇上方耍龙灯，土人裸其上体舞蹈，同人中竞购多量之放花筒，烧燃其赤裸之躯，耍灯者大乐，更狂跃不已，直闹至夜深始睡。次日与吴君同往关口看雾中山，九时别，乃背道而驰。盖伊自昭化来，将返成都，吾人正拟向昭化进发也。自剑门至昭化，上下高坡各四，此有名四上四下之山路，为蜀道中最峻恶难行者。中途又不幸遇雨，寸步难行，滑竿夫滑跌七八人以上。予等乃策杖徐徐移步，穷一日力，仅行四十里，雨益大，唯山景乃更形其美，烟云倏忽，上下蒸腾，眉掠如睡之峰，琴响一溪幽韵。米襄阳雨中山绝妙画图，当必于此等时境中领略之。至大木戍，止宿。遍身皆湿，取木柴烧之，以烘衣履。大木戍居民数十家，亦有店铺，但绝无食物出售，虽大饼亦不得一个，不得已忍饥而卧。

剑门关外、剑阁、昭化、广元等县之乡下，本已地瘠民贫，加以兵役匪灾，生灵涂炭，老弱无转壑之粮，妇女无遮羞之服，通常食物，如玉麦红烧（即山芋）已不易得，至于白米饭，视为异常珍品，撮之一把，洒之酸菜锅中，煮而食之，便已甘之如饴。酸菜每腐烂发奇臭，而该地人民，恃以为营养之料。衣着方面，昔人谓鹑衣百结，予在昭、广、剑一带所见，常有鹑衣千结者，衣料用极破碎之布条结成，皮肤常露于外，虽妇女亦然，某日予于一破草屋前，见一推磨之女子，因路有过客，乃亟匿于短垣后以遮羞。邓晋康军长又尝告予云，某日行军至一处，有妇人持玉麦一束，向士兵求易旧裤一条，士兵取短裤一条予之，乃欣然去。寒风冻雨中，常见有小孩赤露小腿小足，嫩肉泛紫红色，全身战栗者。小孩之母，一面与以玉蜀黍，两人共剥而食之，一面即以食后之玉蜀黍秆，烧以取暖。如此度其日常生活者，不知其几千万人，民生惨苦如此，伊谁之过欤?

沿途所见，标语多“三不”之称，售店皆“一到”之雅，所谓三不者，不拉夫、不筹款、不扰民是也。售店之名甚新颖，一到二字，不甚可解。大约系一到就吸烟之意，或谓一到煮鸦片法之最高妙者，二者不知孰是。穷乡僻壤，别无可卖，唯鸦片巍然独存，售价之便宜，足使他省之有鸦片癖者，涎垂神往。每一小杯，只须大铜元三枚，每一支烟，铜元一枚而已，无怪赤贫之民，亦乐此不疲也。不求生而求死之民族，如是如是，予欲无言。

# 105~113

## 第十九章　昭化与广元

# 19. 昭化与广元

四川北部不但乡村之凋敝情形不堪寓目，即市镇上亦无处不现其枯瘠没落之景象，已略如上述。吾人于二月二十八日自剑阁县大木戍更前进，晨登云台山绝顶一游，山上白雪皑皑，森寒逼人，远望大小剑山俱落脚底，失其雄伟之气概，同游能造云台之巅者仅三人，因雨后山路奇滑，峰尤陡峭不易行，予独于峰顶望远楼上徘徊久之。得诗一章，《登云台》：

有客来东海，西登云台山。云台耸圆柱，行行犹可攀。上有白雪积皑皑，亦有飞鸟鸣关。石崖悬水数千尺，来自峰头古寺侧。寺僧倒屣出相邀，望远楼上关山遥。大剑小剑呈脚底，云雾层层涌海潮。海潮虽无音，汹涌自动摇。谲奇浩气白鳞翻，奔腾直欲接云霄。愿借虹霓光一道，驾为渡日之天桥。

及下山追同人已不及。及抵昭化县境之牛头山，过所谓天雄关者。盖即张飞驻军处。天雄关又名贲门关，建自后汉，本属葭萌（葭萌故城在今昭化东南，昔益州牧刘璋，使先主备击汉中张鲁，北到葭萌，曾在此厚树恩德以收众心）。依牛山为屏蔽，嘉陵江曲绕其下，峻伟异常。下牛头之麓，约数里，昭化县城在望。距城十里大道上，有二十八军副官处长文铸氏，骑白马自柳阴中驰骋来迎，乃弃舆上马入城，晤邓锡侯军长于后汉费祎墓前，摄一影（按费祎开府于此，岁首大会，魏降人郭修在座，祎欢饮沉醉，为修手刃所害。谥曰敬侯）。

昭化县（古名景谷县）面积纵五十里，横五百里，作长方形，面临嘉陵江，对江为笔架山。去年曾为红军所据，自城中可遥见山上红军之行踪，自剿匪第一期计划完成后，红军早已退出。全县二万户，约近十万人，全年丁粮八百余石（五千元），二十九军驻防，月筹军款七千八百余元。去年驻昭化四月，共供给粮秣六千余石，放弃昭化时，县长逃亡，邮电停顿，人民避难城中，只余十余户，今还者犹绝少。除二十八军驻军外，所见市民寥落若晨星，一切食宿器用均感缺乏，军部为吾人备木板榻位，乃须运自二三十里以外，其他可想而知。吾人住县政府，亦即军政治部所在地，县长罗世泽，据谈，现以地方过于凋敝，不筹粮秣及军款，每月行政费，尚约一千余元，建设费五千元，教育费二千余元。

在昭化住二日（二月二十八日三月一日），除邓军长外，尚晤见中央特派员王芗亭，及四川剿匪安川委员会第一路剿匪视察长彭植先，二十八军第二师师长黄隐，警备司令部刘耀奎等。

三月二日出城，见一坊，额曰："川陕总督周有德杀败吴三桂总兵彭时亨将军吴之茂五千余众之处。"又曰："周总督奋勇杀贼处。"过嘉陵江，微雨，自桔柏渡而至张家湾，傍笔架山行。张家湾昔曾陷入赤区，破户颓垣上，犹见红军之标语甚多。行五十里，至广元县，时为下午三时。承第三师师长陈鼎勋。独立师师长兼第一路前敌副指挥官陈离、政治部主任陈梦云等，相迓于郊外。郊外一大广场，昔亦为红军游击队出没之区，后幸有二十九军王志远、刘汉雄两部之誓死守城，敌未得逞，乃退。予等过城河，入城寓东门福音堂独立师师部。

广元为古利州城，通陕甘之交通要道，幅员辽阔，东西相距，约四百余里，南北相距，约三百余里，出产夙称丰富，大约可分农产、矿产两大类。

（一）农产方面：全县山多坝少，农产物多产山土中，坝田产米较少，计全县每年可产包谷（即玉蜀黍又名玉麦）者，分十四区，丰收后共得二十九万六千三百石，产小麦分十四区，每年可产十四万六千八百石，产米亦分十四区，每年可产米约五万石，全县一般民食，以包谷为大宗，小麦次之，至于食米者，则仅城市及乡镇中富绅而已。大概米之产量，仅足供用，而包谷及小麦，每年均有剩余，年可输出数万石，由嘉陵江及东河，运往保宁南部一带觅销场。至土人所饮之酒，亦系包谷制造，又全县产黄豆、胡豆、豌豆甚丰，每年输出亦多，至农产物之副产品，如李家坝之漆及白蜡虫，菜子坝陈家坝之木耳，产量亦多。药材则以柴胡产量为最丰，各处皆有，价亦最廉。余如厚朴、泡参、花粉、瓜蒌、前胡、前仁、沙参、大黄、花求、桃仁、杏仁产量亦丰，果子如胡桃、李子、冬梨、石榴、柑子、枇杷、枣、柿，亦随处皆是，价均极廉，至糖业公司，已由人民自动集资办理两处，一在南河坝，一在下西坝，均距城只数里，每年可产糖四万余斤。

（二）矿产方面：广元矿产最多，为川北最有希望之大产量区域，约可分煤铁、硝磺、金矿及其他各矿等类。兹分述如次：（1）煤矿。广元之煤虽富，但均系土法开采，尚无新式采煤工厂，产矿区域，在县城附近者，为一区之须家河回龙沟，均距城只二十余里，二区之张坝场，距城约五十余里，此二处煤区所产之煤，均系运往县城零售，及由木船载往嘉陵江下游一带，每年约可出炭一万五千余吨，其距城稍远者，以三区之白水堡，四区之庙儿湾杨老堡罐子堡，五区之黄汉堡，六区之通坪堡，八区之高城堡，产煤特多，每日由庙儿湾用小木船沿东河运保宁南部顺庆一带，每船可载炭三四千觔，每日约有船百余只起运，大约全年可出炭十一万余吨，大部煤炭均系售与南部盐场作熬盐之用，此种煤炭品质极佳，曾经二十九军派专门委员考察，此种矿炭可制焦炭，作冶金炼钢之用。（2）铁矿、广元铁矿，品质颇佳，含“尽铁”百分之六十。唯开采仍用旧法，并需以焦木炭而不能以石炭冶金，故矿虽多，以土法故，开办遂觉困难，计一区之铁厂河及九峰山前均产铁，后因缺乏木炭，故已停办。又三区之五条沟徐家坝铁矿产量亦丰，至八区之后坝场，及分水岭溪口坝，九区之平河，及五郎庙产铁之多，为全县冠。计每年有土法办理之铁厂三十余家，每厂约有工人一百余人。运矿炭之人夫三四百人，每年由一月起开办至四五月停火，计每日夜共可出生铁四五千觔，全用作造锅铸铧及造农具器物之用，销售川北一带。（3）硝磺矿。广元硝磺，自清咸丰年间，即由政府开办，斯时矿山甚多，出磺亦旺，后因矿山磺矿挖尽，兼以此次受赤祸影响，工人及熬户半多失踪，故出磺锐减。计每月可出磺三四千斤，现由二十九军军部委办之。前产磺区域，共有吴家垭大路坪，两河口及剑州之下市场，均因无矿停顿，现仅李家坝一处，产磺而已。至硝矿，东路三四五六七各区均产硝，亦系用土法开采，年可出硝万余觔。（4）金矿及其他各矿。广元金矿，出产于九区之平河，均用土法开采，产量甚微，至黑铅石棉玉石等，平河产量亦甚多，又十二区之菜子坝，产砚石一种，石色为猪肝色，而有雪白之石叠，可造花瓶石砚字条挂屏及其他文具器用等。因天然之色，加以雕琢，极为玲珑可爱（每一砚之代价自九元起至数十数百元不等）。城内北街各石匠铺，多有出售者，尚有化石一种，最为美观，石质为珊瑚蚌壳螺丝，及其他水族动物形态凝合而成，五色斑驳，建筑家如取作材料，实远胜舶来品（如意大利之石），及云南大理石多矣。予于广元县长座上，见石桌面一方，爱慕不止。闻出产于十三区朝天关一带，产量亦多，以交通不便，竟不为外间所知，土人亦贱视之，不识为值钱之宝器也。惜哉！

吾人住广元城内三日（二日三日四日），初到日之下午，即出外参观川陕剿匪司令王志雄二氏去年在广元城内所筑之防御工事。去年红四方面军侵广元时，王、刘二部于六月二十一日回广元御敌，卒能保全此城，未使通其所谓之国际路线（因广元邻陕甘，自陕甘通新疆蒙古，即可直达苏俄）。守御五六月之久，直至十二月十五日，始与第一路军交代，开赴阆中及南部前线。是夜陈师长离、唐县长怀光及建设局长况鸿儒先后来谈。陈离师长恂恂似儒生，现代书披阅颇多，思想见解，多独到处，与寻常军人迥然不侔。

次日上午出北门九里许，始至古栈道石柜阁，次游览千佛崖，观唐宋之雕刻塑像及名人之题咏。千佛崖倚山临江（嘉陵江），风景绝美。唐开元三年，益州大都督府长史剑南道按察使银青光禄大夫韦抗见此崖形势陡险，作栈难行，因凿石为路，并凿千佛以镇之，自是成为名胜，唐代雕刻佛像在层岩上者，至今犹存，历代增刻，遍崖皆是。较古之题刻，除韦抗外，尚有“段文昌偕男斯立斯齐”、“大中十三年李景让男谯焜诲从处士须蔚”、“翰林学士西州安抚使王钦若咸平辛丑五月二日记”、“元符庚辰颖昌裴亿”、“转运使李先渊宗知州元继能千之因钱提刑史炤中辉冯辉公谨同登佛龛通判传亶子谅成都观察判官杜师益从行嘉祐庚子三月二十三日”、“赵执中李伯京弟长孺李显臣王子仪饯安肃贤宰乔补之至此甲辰年清明日”、“广明二年赵师容张齐嵩”等题刻。其中大中为唐宣宗年号，广明为唐僖宗年号，咸平为宋真宗年号，嘉祐为宋仁宗年号，元祐元符为宋哲宗年号，而题字者又皆大臣或名士，故大云古洞内有刘崇文之石刻古诗，中有数句云：“文昌老去景让死，李先史炤冯辉随。咸平学士王钦若，眉宇仿佛参紫芝。”大云洞内，古意盎然，前贤手泽，至今未磨，令人摩挲不肯舍去。午后回城，又渡河游武则天之遗迹，观其石刻之像。广元为武曌产生之故乡，至今俗传东门内一凹形地，为美女害羞形，即产生武后之风水，其下有一井，甚深，谓之结穴处。东城之门夙即封闭不通，俗传此门如开，城以内淫风大炽，迨予等亲往视之，城门口守有士兵，砖砌之门，已启其半，可以出入，或有谓为半开门者，未免恶作剧矣，此等无稽之附会与传说，想为我古代喧吓一世之女皇帝始料所不及，地下如有知，不卜尚拟一施其淫威否也。尤可笑者，在广元乡下所见之小庙内菩萨，其口上莫不涂满生鸦片膏，问之导游人，始知川北之菩萨（土人呼为老爷），亦有绝大的鸦片瘾，土人谓若不祭老爷以鸦片，则有求不应。予谓此言极可信，老爷若无大鸦片瘾，何能吃如许生鸦片膏子耶?

广元常刮大风，每年自十月至次年二三月，每三天一次，风来势凶猛异常，飞沙走石，人当之无不披靡者，故必偃伏地上，或背转身以换气，俗有所谓公母风之分，公风来时，其势犹可，母风来时，锐不可当，居民遇刮风之期即闭户不外出。予等在广元三日，天气晴爽，未尝试公母风之滋味，可谓又幸而又不幸也。

川北道中

三月三日之下午，广元各界开欢迎会，并向吾人有所报告，到陈离、陈鼎勋、陈梦云、唐怀光及人民代表数人，或报告军事工作，或报告政治工作，或报告民生疾苦，其详不及一一记载，摘其荦荦大者如下，广元人口约计八万人，前年调查一次，已不上六万，若以去年和今年情形看起来，当然还要少，大约逃亡者居多，粮税本只七千余元一年。但最近每年征上七十余万元，若以年时计算，实一年征百年之粮，行政费及征收局之费，仍要人民担负，农民仅有之锅犁等物，亦须纳税，故卖儿鬻女，亦来不及偿官逋。乡间团总，势力极大，有土皇帝之称，团总之缺世袭，亦有出卖者，乡坝团总，每一缺卖一千元，城内之团总，每缺卖一千五百元。因系营业性质，侵搒农民索款至急，官厅不问，故毫无顾忌。自二十八军二陈师长来此，对于团总，深恶痛绝，连日枪毙团总数人，农民称快。去年广元未陷于赤之区域，只二十里，户口只四千，自七月起至十二月止，犹担负七千多石粮秣，又且十里一卡，五里一税。去年除夕有乡人上街买火爆一条回家过年者，路遇征税人索税，乡人无法，只得当场把火爆放掉了，才能渡过税关，诸如此类之事，不胜枚举。此外还有所谓打粮队，士兵无饭可吃，便下乡打粮，乡民畏打粮队如虎，望风而逃，凡此皆广元大概情形也。人民之言如是，官长之言亦如是，准此以观，蒋委员长所谓之三分军事七分政治，此间三分军事也许有了，七分政治实在没有半分，为渊驱鱼，为丛驱爵，奈之何民不铤而走险哉！

三月五日至九日，赴第一路最前线视察，详见《川北赤区视察记》中。

**附：由成都陆行至广元道里表**

| | | | |
|---|---|---|---|
| 成都二十五里 | 天回镇十五里 | 新都县二十里 | 唐家寺三十里 |
| 广汉县二十里 | 小汉镇三十里 | 德阳县二十五里 | 黄许镇二十五里 |
| 罗江县三十里 | 金山铺六十里 | 绵阳六十五里 | 魏城六十里 |
| 梓潼县八十里 | 武连驿八十里 | 剑州七十里 | 剑门关七十五里 |
| 昭化县五十五里 | 广元县 | | |

共计一千〇一十华里。

# 114~121

## 第二十章　阆中与南部

# 20.

# 阆中与南部

自昭化、广元再进，即入陕西甘肃境界。通陕境者始至宁羌汉中，历嵯峨之连山，为云栈路，惜所谓栈道，今无一存。吾人由广元折回，将沿嘉陵江南下，卒以水路迟滞，且多险滩不易行。故由陆取道保宁梁子，蜀人谓山路曰梁子，谓平原曰坝子。保宁梁子为自广元至阆中之大道，但尽属山路，绝无平原。沿途风鼓松鸣，雾蒸衣湿，晓看旭日，夕见落晖，镇日在乱山中行走，几不知置身何所也。广元阆中间，距离凡三百六十里，行四日，乃达。镇坝上之旅店，每人只须大铜元五枚半，合之川币一吊一百钱，所谓半枚，即切开一个铜元为两半边，作新月形，值一百文，真币制中别开生面之创作，闻创作者，可从一切断中得不少利益，昔伍朝枢博士游川，谓曾以铜元九枚住一夜旅馆，但犹不及吾人五枚半更为经济，一根灯草，细细焚膏，满目灰尘，四壁黑暗，所谓"荧荧夜灯如豆"者，始觉古人之形容不我欺，今日都市上之华灯，决无如豆之竟况也。吾人以日间旅途奔走疲劳，竟亦酣然入睡。过五龙场，见该地驻军业已撤去，现有团防两队，共六十名，以前居户八十余家，人口约一千二百余，区内有田七百亩，已种者仅十分之四五，余均荒芜。逃亡之人数，据团防中办事人调查，业已有十分之七。吾人在农村中寻常不易见年富力强之男子，多已投军，以致田亩中野草与菜麦类争长。春耕无人，农产物弃置于地，倚闾牵衣，多老妇与孺子，零仃失恃，诵少陵《无家别》《垂老别》诸什，不啻仿佛遇之。有一次于破敝之茆屋前见一中年妇人，方砍柴归，宅中稚子悲啼，问其男人何在，云于数日前被乌棒老二捉去，言毕，呜咽大哭。三月九日雨中抵伏公铺，该镇上虽仅一百余户，连乡区共三千多户，土人全恃红烧（即山芋）为生，近日来虽红烧亦绝，饿死者日必数起。因所有耕种器具，及耕牛种子等均无着；唯有坐以待毙耳，预料今年春荒后，饥馑现象，必将普遍于川北。二十九军军部虽曾发出赈款一万元，但杯水车薪，无济于事；本区分得七百元，每人只摊派六仙钱。伏公铺距嘉陵江二十里，红军攻至二道崖（距镇五里）不能下，遂退去，二道崖山高势险，爬登其上，见官军所做之工事甚坚，居高临下，最易制胜。苍溪、阆中两县未陷，二道崖之险要为作屏蔽之故也。过槐树驿，地势甚高，漫天大雾，昏天黑地，气压太低，蒸湿如雨，疑若置身土耳其大浴室中，渔洋诗“不堪蜀道雨，山雾昼常迷”之句，犹未足以形容尽致也。是日在高山上行百里，至下五里投宿。下五里未遭兵燹，铺面稍整齐，距阆中县只四十里矣，店主见吾人是远客，招待殷勤，伊有一子十六岁，貌若小孩，然已娶二十二岁之妇人，且已成亲，此事殊足令人惊讶，后据谈及川北乡下人，颇多娶年事长大之媳妇者，因可以供家庭中之驱役也，斲伤人性，害及子嗣，其愚真不可及。次晨行四十里，到阆中，途中桃李满溪，菜花肥大，竟似江南清明节期之景象矣。

## 阆　中

阆中旧为保宁府治，今仍称保宁者多，古为阆州，蜀汉张飞守阆最久，邑人祀之为神，阆中面积东西距一百五十五里，南北距八十五里，人口在光绪末年调查共七万八千五百余户，男十六万七千余丁，女十六万七千余口。自民国以来，迄无调查，地势居三巴上游，为两川屏蔽。嘉陵江三面环绕县城，曲折如带，王士祯所谓“九回肠已断，三折水还流”者也，北通汉沔（陕西汉中府从陆路来阆运货者甚多，予等于途中见挑纸张赴汉中者，日必十数起），西控梓（梓潼）益（成都），东达巴山诸峡口，三路交通，皆会集于此，实扼水陆之咽喉，为川北之门户，农产物稻麦番薯玉蜀黍大豆高粱均丰，药品以半夏独著，矿产有金（分沙金山金二种，今仍有用土法开挖者），盐、石膏、硝、硫磺等，其最著名者，俗有一宝塔诀曰：“醋，皮蛋，半夏粬，白糖蒸馍，五香豆腐干。”远近争保宁购此数物，醋每年约售三万元，半夏粬为寥姓家传秘方，治咳嗽圣药，省内外每年销售约二万元。

阆中蚕丝业向亦甚兴盛，茧之产量颇多，旧有丝厂二十余家，多由渝商经营，以宏茂、久大、同泰、大华各家之规模与资本为最大，各约二十余万元，每年交易总数约值一百万元，但至今日亦已由亏蚀而凋敝，恐遂至一蹶不振矣。另有民生工厂，系由地方公款组办，资本一万余元，出品以大绸、线毯、毛巾、丝袜（内分染织、纺织、印刷藤器等科）。厂长一职，由县长委任，大宗推销在川北各县，交易总数在二万元左右。

此外尚有桐油出产，以八、九两区千佛场、石滩口等地为最多，产额约值七八万元，清平之岁，常有申汉渝顺（顺庆）等地商人来此经营收买。境内亦产白蜡，六、七区玉台场、洪山场等地之每年产额约值万元。

十一日晓，至县立中学，参观难民收容所，难民多于去年五六月间，自通江南、江巴中逃来者，去年收容最多之时，有十余万人，后次第离开收容所，向别处求生，据最近统计，尚有四万五千人，所中每日煮两餐粥，类似放赈，难民持票领取，以苟延残喘。所内极不卫生，溲溺随地，恶习袭衣袖，并有在所内煮鸦片吸鸦片者。次往东门内铁塔寺，参观唐开元四载所建之铁塔，塔高一丈五尺，完全为铁铸成，作八方形，八方均有阳文之八分字，系陀罗尼佛经原文，古色斑驳，唯邑人不善保存，其塔下之座业已颓坏矣，又有一最可宝贵之武后所铸铜钟，今移置师部内，作寻常钟敲用，予亦往观摩久之，钟高三尺，上下无侈弇，式如瓷鼓，叩之铿然，响久不绝，上镌文云："维大周长安肆𠡦（年）岁次年辰，拾𠥱（月）癸丑朔弍㘀（日）甲寅，合州庆林观主蒲真应等，奉为𨛜（圣）神皇帝陛下，敬造洪钟一口，钟重四百斤，普及洪界苍生，并同斯福。"据此刻文，钟原系合州之物，何由而至阆中，则不可考矣。午后游城外公园，公园为观音寺旧址，有大观楼，临江面山，风景极美，唯年来民生极苦，有登临之雅兴者，仅最少数之人，故楼观已渐就倾圮矣。次参谒各佛殿（内有一殿，前年毁于火，明版经卷甚多，尽付一炬），观松花井之泉，并在啸楼前啜茗。下午第三师长罗乃琼请吾人参观伊所办之童子团，童子团系招无所依归之寒苦子弟，加以各种教练，以武术及军事训练为主要课程，间亦灌输各种基本智识如国语、史地、算术等，团址系借春熙大舞台旧屋，职员有团长、教练、班长等，受训练者最小的只六七岁，最大的亦不过十五六岁，活泼有纪律，颇可喜，一班长方十四岁，已甚机警，有驾驭小群众之才。从幼年起如能过惯好的团体生活，亦能矫正我国泄泄沓沓之私人旧生活也。唯此一群（约百余人）小英雄，将来不知能否为正义为我国家民族作正当之奋斗耳。

阆中旧有五城十二楼之称，欧阳修送人赴阆，有词云："闻说阆州通阆苑，楼高不见君家。"陆放翁在阆中诗有"三叠凄凉渭城曲，数枝闲澹阆中花"及"遨乐无时冠巴蜀，语音渐正带咸秦"之句，亦足征古代游观之盛概也。唯阆苑仙葩，琼楼玉宇，今已成陈迹，吾人仅见有镇江、临江、连峰、清远、望月、中天、奎星、大观等楼散布于城内外，以资点缀而已。

阆中人对于张飞特别迷信，一切休咎均唯张老爷是问，去年赤焰张逼阆城，仅隔一水，邑人所以未全逃往他处者，闻即以张飞降坛有乩语，嘱邑人不必惊慌，敌决不进城云云，后不意张老爷之言竟有灵验，信男信女，省却一笔逃难费，更感戴之，而香火益盛，此真翼德将军始料所不及也。桓侯之墓及其庙均在旧府署东，庙宇建筑式甚古，墓碑在神龛后，冢高如山，闻冢中有尸身而无首，因史言飞帐下将张达、范强杀飞持其首顺流而奔孙权，至今飞首犹在云阳县，另为一冢，真所谓身首异处者矣。殿前大石碑上一联云："生于汉，心于汉，死必于汉；功在川，墓在川，祠永在川。"昔蒲松龄著《聊斋志异》某卷中有所谓桓侯庙者，盖即指此。

予自桓侯庙归，值县长罗崇礼及三师秘书文剑衡偕至县治安维持委员会谈甚久。并约为锦屏之游。

城外东南隅，有山名锦屏，在嘉陵江南岸，出东门华光楼过一浮桥便是，濒江石壁陡绝，其上横竖一脊，左平右突，中段微凹端正峭蒨斲削所不能及，盖县治之案山也。是日坐滑杆登山，玲珑楼阁起于山腰，下临蔚碧江流相映成趣，万家楼郭浮于脚底，远望盘龙伞盖玉台诸峰，苍翠扑人眉宇。歌阆山阆水之歌，不禁有今昔之感。吕祖阁前有"岳峙嘉陵水，蓬居阆苑仙"之联，阁内有吕祖以瓜皮作笔、瓜汁作墨书成之诗。另有一祠，祀杜甫、陆游、司马光。昔张之洞游此，亦有长诗纪之，今已刻石嵌于壁上。下山参观二十九军所设之后方医院，又绕至山后看病兵房于武侯祠内，残肢断臂，痛苦呻吟于地席上，惨不忍睹，此真人间地狱也。黄昏时过南津关返城，决于明日赴南部。

## 南　部

由阆中县赴南部县七十里，有长途汽车通行。车行二十里，至双龙场。再进未十里，车轮即坏，修理半小时之久。再进，沿嘉陵江行，沿岸见有官方所筑之防垒颇多，未几，抵南部，寓县府。南部本属保宁，因位于旧保宁府之南，故曰南部。面积南北三百里，东西七十里，人口据旧调查，云有七十万，现已较前大减少，但无确报之数，南部之难民收容所，人数拥挤，较阆中尤甚，约有五万左右，均分住于城乡各区寺院内。其组织十家为一户，十户为一组。各分所有所长及管理员若干人，由县长总其成。县长卿克用谓，目前最感困难之问题，即难民太多，无法善后。安抚委员会前后派员来调查不知若干次，并无实惠，经伊之力争，始得四千元，分发粥米，早以用罄。只城内一区，已收容四千余，分住三处，记者曾逐一前往巡视。现在所内死亡率极大，以小孩夭殇为最多，平均每日必有尸数具舁出葬埋。第一原因，即以人太多，不卫生。难民多属通、南、巴之有衣食者，均被称为富农，故逃亡来此。据谈，通、南、巴三县在防区制下，每县每五个月出军款一次，每次有三十二万元之多，除此不算，每年仍得完粮两次，每月每县仍须出烟款二万元，烟酒税五千元，官吏勒索，不缴不行，乡下团总区正甲长等，更无恶不作，故酿成今日之结果，至于逃出之难民千千万万，均不知葬身何地矣。言讫，涕泪俱下。

吾人在南部，曾偕盐务稽核所税官马之骙，过江至元坝井参观盐井。南部县最大宗之出产为盐，乡下盐场甚多，但规模均极小，较之自流井相差太远，所有盐井，多用人力踏足转车取盐水，间亦有用牛力者，其制法与自流井相仿佛，唯水之含盐成分不及，且产量亦少。据马云："全部川北盐之税收，只一百七八十万，较之川南盐税，多至八九千万者，未免相形见绌矣，南部一区，每年出盐三十万石，每石值七八元，约计共值二百余万，每石盐正税一元〇四分，新近又加二角，另有盐场知事，每月每石又收洋五角。"盐场中办事人云："近来每三个月，只出盐一包，一包有二百斤，南部论石，每石一百二十七斤，故一包实际上不止二石，三个月中，将人工燃料（木柴与稻草）打算在内，只有贴本，并不赚钱。但除此又别无生活法，只好胡乱混嘴而已。"南部之出产除盐外尚有木柴及白蜡，白蜡每年收入约十万余，其他便无甚特别出产矣。

去年嘉陵江东北部盐场全沦入赤区，至今于沿途中犹见贴有"打倒南部吃相因的盐"之标语，相因者，川语谓价钱便宜之意。以前赤区内所有物价，因由经济公社之操纵，价值一律低贱，唯盐价特昂。向卖数百钱一两之南部盐，竟以交通断绝故，售至二三吊钱一两。价高涨七八倍以上，有淡食之恐慌者凡四五月之久，现各收复区均次第恢复原状矣。

三月十五日至二十一日，赴第二路军最前线视察，详见《川北赤区视察记》中。

**附：由广元陆行至南部道里表**

广元至思贤铺二十五里　　思贤铺至龙潭三十里

龙潭至梅岭关三十里　　梅岭关至石井铺三十里

石井铺至白林沟四十里　　白林沟至上五里八十里

上五里至伏公铺三十里　　伏公铺至下五里五十五里

下五里至阆中四十里　　阆中至南部七十里。

共计四百三十里。

# 122~125

## 第二十一章　潼川道中

# 21.

# 潼川道中

三月二十二日因得三台县之电邀，决赴三台，由三台转成都而重庆，与第二路赴西康之同人会晤，以便结合回沪。先是，余等本拟沿嘉陵江东下，由南部取道蓬安、顺庆（即南充）、合川以还渝。继闻顺庆至合川途中不甚安靖，又三台人士之厚意不可却，乃翻然改计，不沿嘉陵，而渡涪沱矣（渡涪江即三台，渡沱江即金堂，赴蓉要道）。承二十九军派汽车送吾人赴三台，有参议陈孝威作陪。车夫为军长开车者，人皆尊之曰司机生曰排长，车送吾人至三台，将另易他车，因伊即须回南部驾驶也。下午始首途，过盐亭县，已行三分之二，南部距三台三百余里，盐亭距三台仅一百十里。昔杜甫行次盐亭县，曾有诗云："马首见盐亭，高山拥县青。云溪花淡淡，春郭水冷冷。"又云："看花虽郭内，倚杖即溪边。山县早休市，江桥春聚船。"皆足令人留恋，惜以车行匆匆过，未能稍住。盐亭产盐亦甚多，视其名可知。昔西魏曾于此置盐亭郡，隋废郡留县，后遂仍之至今。在清，固亦潼川府之属县也。

渡涪江数里之遥即三台县。涪源出自松潘大山间，流经平武、江油、彰明、绵阳、三台、射洪、遂宁，至合川县，与嘉陵江合。江水澄清，两岸平沙细石，饶有清趣。汽车由木划船上载过，暮霭中疾驰赴城边，三台县县长李子仪军部秘书及青年团团长刘大元、新川西北日报社总主笔杨行健等偕该邑军绅商学各界及青年团团员数十人出城相迓，军乐喧阗，旗帜前导，予等三人下车，一一与欢迎者握手称谢，并深致不安之意。是夜寄宿城内嘉涪宾馆。旅邸清洁，并有浴室，可以浣尘，月余未浴之身，且曾屡住极不洁之地，汗秽蚤虱，至此一荡无余，为之大快。

三台县在唐为梓州（隋始置），属剑南道，乾元后（乾元，肃宗年号）分东西川，梓州恒为东川节度使治所。宋改为潼川府（潼水出平武县山溪，东南流经梓盐诸县，入涪江）。明清因之。清《一统志》：三台属潼川府，台作臺，今易为台。三台者，以境内之三台山得名。三台山较远。吾人以行色匆匆，未及游。出产以丝为大宗，丝产物虽价廉而物美，而销路日蹙。市面景况，似犹不及阆中，内地经济据拮，真万方同概也。二十三日上午赴距城二里之东山寺游览，肩舆过飞机场，见场址甚大，但并无停机。既登东山，憩于寺前之茶楼。东山隔涪江，形胜颇似阆中之锦屏山。《一统志》所称之“层岩修阜，势若长城”者，诚是。唯嘉陵三面环绕阆中，此间唯涪江一水曲折经过而已。远望三台诸山，同游指一处以示，谓为琴泉寺，寺中有泉水作琴声，亦三台名胜之一。吾人遥望潼州城，诵杜拾遗《陪王侍御同登东山最高顶》诗，有“下顾城郭销我忧”之句，予谓今日下顾城郭实未足以销忧也。其另一律，《宴通泉东山野亭》云：“江水东流去，清樽日复斜。异方同宴赏，何处是京华？亭景临山水，村烟对浦沙。狂歌遇形胜，得醉即为家。”或谓此诗系在通泉县东山作，殊非是，因通泉实指姚通泉，以地名代人，并非作于通泉也。有好事者，作碑记辨之，新刻石于东山亭内。东山寺神龛前，有泉曰苏泉，并有流杯池，盖苏轼尝于此宴宾云。茶厅前悬张之洞集联云：“孤亭凌喷薄，奇境饶幽深。”吾人再贾勇登最高顶，顶上有塔，可盘旋而上，据塔顶以观，百里内山容水势，一览无遗。下午归，头忽奇晕，在旅邸休息，各界欢迎会及青年团参观，均未获往。赴射洪县谒陈子昂故乡（相距五十五里），议亦作罢。次日别三台，车次中江县，穿城而过。午饭于淮州。饭毕，过沱江，高架板桥，长半里，踏之，板摇摇自动。沱江吾人曾于成渝道上椑木镇与内江县之间经过一次，此为上游。沱本岷江之支流，一称外江，又名雒江，自灌县南分岷江东流，经崇宁、郫县、新繁、成都、新都、金堂、简阳、资中、内江、富顺各县，至泸县入长江，即禹贡梁州之沱也。予等曾于灌县探其源，今乃见其泛滥之流。迨车既渡江，疾驰入两山间，仍溯沱江而上，江流渐细，车傍溪峡行，境益美，时值初春，桃杏早放，两岸绯红，渔舟三两，往来撒网于激流中，仿佛一幅桃源图。既出山境，道路平坦，车行渐速，再渡江，日已西沉，寄寓赵家渡涤凡旅馆。自潼川至赵家渡之马路，谓之潼赵马路，始主路政者为曾某，闻人谈其虚靡公帑甚多，路局中领三十元一月之干薪者者，凡七十余人。或言举川中全省修公路之款，造成川汉、成渝两大铁路而有余，今川中民穷财尽，而路完成，正不如将待何年何日矣！二十五日过金堂县，城内熙熙攘攘，人多坐茶馆中，消其永昼。市上有售晶莹如碱砆者，问之，乃知为整块之石灰也，少见多怪，自笑不置。下午过新都，小憩。既又至毗河，盖去年邓锡侯与刘文辉恶战之处，至今毗河之战，犹常为茶馆中人作谈话资料。次抵天回镇，俗谓唐玄宗幸蜀回驾之所。驷马桥，为司马相如失意时，入京过此桥，自发愤曰："不乘高车驷马，不过此桥。"后人遂呼之为驷马桥云。抵成都，时为下午三时，入城，寓长顺街锦江饭店。川北之行，遂告结束。

**附：由南部回成都道里表**

| | |
|---|---|
| 由南部至盐亭二百七十里 | 由盐亭至三台一百一十里 |
| 三台至中江一百十七里 | 中江至淮州九十二里 |
| 淮州至赵家渡五十五里 | 赵家渡至金堂县四十五里 |
| 金堂至新都五十里 | 新都至成都三十里 |

共计七百六十九里。

# 126~130

## 第二十二章　归　途

# 22.

# 归途

吾人本拟沿岷江下彭山眉县，嘉定一游峨眉，卒以同人西行者，已有返渝讯，沪事又不宜久假，自入川以来，倏已八十日，亟须东还，若直驰渝，只须二日，绕道至峨眉一游将非两旬不可，且川中须再来，留此一着，权为去后之思，亦未为非计。遂决由蓉作归计矣。唯在蓉尚不能不稍事勾留，因连日正举行十三届博览会，不可不一观，以张眼界。成都旧俗，节近花朝，每年有花市。在青羊宫、二仙庵附近举行，辟园张乐，万货登场，茶房食肆，招徕游客，颇极观赏之盛。市场中广莳花木，红紫纷披，嫩蕊柔枝，虽移植往来而犹能茁长，盖地土滋沃有以致之。陈列之货物，多蜀中出产，竞巧争奇，亦多可喜。主政者因势利导，乃有博览会之举行。士女骈集，均着新装，如此艳阳天气，好花时节，正游蜂浪蝶得意时也。昔张公咏治蜀时，有《春游》诗云："春游千万家，美人颜如花。三三两两映花立，飘飘似欲乘烟霞。"公咏铁石心肠，乃亦赋此丽词，实以成都女儿之颜色天成，当春游时尤显其艳丽，虽欲不动景羡之情，亦不可得也。导游胡临聪君，偕其夫人及孪生子款宴予等于花市上，其夫人并为予等摄一影。后予在市上购李鲜、周笠名画二帧及蜀中名产数种以归。次过百花潭，一水回环，亭林掩映，佳境也，现已为邓晋康军长所有，改称邓庄矣。三十日李光斗（星辉）、李子谦两君约午餐，饯行，晚曹仲英君饯吾人于锦江畔之枕江楼。是日晤李仲膺君，仲膺前伴第二路考察团赴西康，新自嘉定归来，欣然道故，述伊等赴康各状尤详。因悉陆诒等已到叙府即日东下矣。三十一日征车既备，于春雨声中，悄然离蓉。过龙泉驿，见梨花满山，其白如雪。偶得一绝云：

雨罢登车别意滋，依依杨柳系人思。龙泉驿上花如雪，正是芳菲客去时。

是夜宿内江县。四月一日晓，车行三十里，渡沱江，早餐于椑木镇。下午车疾驰过璧山县，于将抵青木关时，见岩下倾翻一标明88号之车，车身全毁，闻之路人，昨日于此死三人，一车夫，一某军需官，一侍役。吾人目睹此惨变，均不禁为之有戒心。既过老鹰岩，乃释然。四时许到重庆，仍寓青年会。未几，第一路团员陆诒、唐惠平、苏德政、王振寰亦到，两路同人，事先未预约，竟于同一时间内会齐，为之大快。是晚，欢呼畅饮，酩酊而归。二日中国银行行长张禹九于四牌楼该行楼上宴客，承以四川出口贸易及银行业调查详情见惠，特为附录于本书后。四日赴川江航务处探问船讯，知直接航汉沪者，仍为“民主”轮，但须迟至七日始开航。予等乃乘此余闲，赴南泉乡一游。南泉乡有温泉，俗称南温汤，与北碚之北温汤，俱经长时间之经营，各以美景擅名于川中。吾人于细雨纷霏中，轻装过江，至海棠溪，雇得马四匹，舆二乘。上小函谷，越黄葛垭。以天雨未登南山涂山之巅，高坡上回顾巴渝，烟水茫茫，市阛如浮大舟然，胸怀为之壮阔，是日适为寒食节，途中得诗一章：

细雨吹丝寒食路，渡江初过海棠溪。荒烟漠漠苍坡外，野墓萧萧古寺西。马径新开云步石，山腰绿破水田泥。南泉乡里春如梦，望到江南路已迷。

行四十五里到南温泉，四山青翠，小镇临溪。屋舍俨然，居处恬适，予等寓青年会南泉分会，在半山间，温泉池在其下，居镇之中。镇中有整洁华美之旅馆数家，均备为游沐人憩止之所者。有温泉公园事务所，总管此间园景建设事。予等就浴一次，水含多量琉璜质，闻能疗皮肤疾，与北温泉含石灰质者不同。隔壁为女子浴室，据云此间女子来就浴者甚多，因距渝近，且本镇有女学生甚多也。次日上午参观乡村建设实验区，区长王平叔，为邹平县梁漱溟之弟子。就原有之乡村师范学校改为实验区，尚不久，有男女学生共二百余人。无毕业之年限，视其能力可以为实验区中之工作人员，即为之分派工作。亦合理之主张也。实验区分两大部：（一）讲学部。（二）实施部。讲学部下有教务课、编辑课，实施部下有乡政课、建设课、教育课。该实验区经费现虽极艰窘，但师生埋头苦干之精神，颇可钦佩。学员分布于温泉、土桥、鹿角、界石、樵坪、公平、文峰、崇文八乡。实施部之乡政课，主理各该区组织、调查、统计、登记、选举、制订公约、自卫、储备、救济、息讼、调解等事项。建设课主理各该区农作改良、造林、畜牧、家庭工业、各种合作社、交通、卫生、测量、借贷所、医社、医院等事项。教育课主理各该区小学教育、民众教育、成人补习教育、家庭教育、幼稚园、艺术馆、自然科学研究所、图书馆、礼俗改良、公共娱乐等事项。现各乡对于建设各事项，均在积极进行中。下午雇一小舟，自市桥前解缆泛于溪流，溪长五里，故名五里溪。泉水自青年会宅之后山，潺潺流出，吾人鼓棹向夹山中行，两崖青葱之色，映衣袂皆碧，而巨石压人，仰视之疑若下堕然。过飞泉，苍苔泻玉，浅草茸茸。崖高数丈，其直如垂帘，殊有奇趣。次转至花溪滩，及王向氏殉节处。王向氏之夫死，其舅姑逼之转房，转房为川中甚普遍之风俗，转嫁于夫之兄或其弟，习不为怪，而王向氏因笃于伉俪情，不肯转房，坠此崖下，殉焉。吾人之舟抵新堤坝，闻坝头泻水声，舟已不可复通，乃回舟至小温泉一游，小温泉为私人产。花木扶疏，小池洁净，外人亦可就浴，唯索价稍昂耳。是日下午回镇，六日返重庆。民主轮适自下游来，乃托川江旅行社运行装上轮，吾人赴市政府秘书长石体元之饯行筵于留春幄，宴罢，匆匆登轮。夜民生公司总经理卢作孚与川江航务处处长何北衡来话别，盛意拳拳，可感也。

七日泊万县，遇风，未登岸，八日过三峡，泊宜昌，九日，大雨，泊沙市。十一日到汉口。寓江汉路扬子饭店。十二日登公和轮，十五日抵沪，而川游之事遂毕，游记之稿，多成于归途中民主轮上，草草完篇，略志屐痕而已，千里归舟，几宵握管，江行虽疾，而文思转如上水之船，涩滞不复畅意。写罢掷笔，为之怃然。

## 附：四川银行业之调查

四川在清末，已有大清银行及四川省濬川源银行，皆纯系官本。鼎革后，大清、濬川皆停止进行，由中国、聚兴诚等代之而兴。近十年来，应时代之需要，纷纷设立，重庆一埠，即达九家之多，正筹备中者，尚不在上数之内。唯前此开设各行，因受政局关系，亦常有倒闭之举；而挤兑等事之金融小风潮，尤属常有之举。兹将目前各行，分述如后：

### 甲　现有金行

中国银行——中国银行在民国十七年前为国家银行，十七年后改为国际汇兑银行。全体资本初共二千万元，民国十七年后增为二千五百万元。重庆分行于民国四年四月开幕，所辖如成都、自流井、五通桥、潼川、叙府、泸县、万县等各支行，亦于是年次第成立。其时大局统一，川省内部亦无战事，又代理国库省库，故营业发行，均臻繁盛。自民五川省军兴，迭受战争影响，同年五月，又奉内阁通令停兑，致川省中钞信用，一度丧失。因此遂于民国十一年起改为支行，同时所属各支行，或酌量裁撤，或改为办事处及收税处。幸重庆自民国十五年后，未经兵乱，秩序安定，遂又于民国十八年复改分行，因前度停兑中钞五百六十余万元，早经悉数收回。遂又于是年重发兑券。现所辖计：

支行为成都办事处、重庆四牌坊、重庆关岳庙、万县、涪陵、内江、泸县、叙府、五通桥、嘉定（附峨嵋暑期办事处）、潼川庄、自流井、隆昌等十三处。此外复就各行附近县份增设“代理店”及“代兑处”等。其成、万、涪、内、泸、叙各行，均发有兑券。重庆发行为一百数十万元。经理为周宜甫氏。

聚兴诚银行——聚兴诚银行创立于民国四年，为四川杨氏兄弟所组织，系采股份两合公司之形式。以杨依仁等十余人为无限责任股东；以公开募集者为有限责任股东；额定资本百万元，分一千股，每股千元，有限股与无限股各半。收足十分之四时开始营业。民国十七年后，遂收足一百万元。公积金亦积存约三十余万元，现设总管理处于重庆。所辖：

分行为重庆（新丰街）、万县、汉口、上海、成都（华兴街）五处

支行为苏州一处

办事处为南京、宜昌、重庆（都邮街）、上海、成都（外东）、成都（祠堂街）、武昌七处

汇兑所为长沙、常德、北平、沙市、老河口五处。

业务除普通经管者外，复设有代办部兼营堆栈、押汇、订购货物、报关转运等项。数年前曾发行五元、十元、五十、百元等等无息存票，后皆一律收回。总经理为杨粲三氏。

美丰银行——重庆美丰银行，立于民国十年，为华人与美人雷文（Raven）合组之股份有限公司。美股占百分之五十二，华股占百分之四十八。与上海美丰银行，共牌号而不共损失。资本额定一百万元，开幕时收足为二十五万元。民国十四年后因重庆发生剧烈排外风潮，该行美股于民国十六年全体退出，由川中军政商界集资收买。经营除银行业务外，并兼理美国水火保险协会事务。当开幕之初，因凭借外股，遂自由发行；收买美股后，始呈准二十一军部，允其继续发

行，其发行数通常约一百五十万元。近年因市况不佳，数字未增。所辖有上海、成都二分行，此外汉口、北平、天津等处，亦有代理机关。民国二十年续收股本为二十万元，民国二十二年又于渝行内增设总行。总经理为康心如氏。

平民银行——平民银行，成立于民国十七年，为股份有限公司，资本额定十万元，收足八万余元。以发展平民经济为宗旨，专营小额放款及储蓄等。民国十九年因受庄号倒闭影响，几濒于危，幸由董事拨款救济，始克维持。该行初发有五角之辅币券，近已全数收回。兹行于距城三十里之磁器口及本城设有办事处二，经理为张子黎氏。

川康殖业银行——川康殖业银行创立于民国十九年，为股份有限公司，额定资本四百万元，现收足百万元。股东以军政界为多。其目的在用经济力量，发展康藏。但格于时局，仍经营普通银行业务，亦由当地政府给予发行权。其发行数约四十余万元，现已逐渐收回不少。总行设重庆，该行最近撤销万县分行，改设成都分行，又增设重庆都邮街及泸县二办事处。总经理为刘航琛氏。

川盐银行——川盐银行创立于民国十九年，为股份有限公司。系四川盐业银行改组，因北平、上海已有盐业银行，始易今名。资本额定二百万元，全为盐帮所集，每售盐一傤，例入股本一百元，故资本日增，现已收足一百二十万元，并另划资本二十万元，作为储蓄部基金。凡由自流井运出之川盐，全归该行保险。其业务趋重押款。唯未发行钞票。总行设重庆，所辖有成都、自流井二分行及重庆都邮街办事处等。经理为陈丽生，董事长为吴受彤，行务多由董事长主持。

重庆市民银行——创立于民国十九年，为重庆市政府之金融机关，亦系股份有限组织。现收足五十万元，由当地政府给与发行权。

除兑券外，并发有一角五角之辅币券，约发行四十余万元，设有成都分行，经理为潘昌猷氏。

四川商业银行——民国二十一年创立，股东多为重庆钱庄人氏。实收股本五十万元，总行设重庆，最近在万县设有分行，总经理为汤子敬，未发行钞票。

四川地方银行——纯由二十一军部以官本办理。总行设重庆，额定资本二百五十万元，现筹足二分之一。并在渝印制兑券三百万元。现发行一百万元。于二十三年一月十二日开幕，总行设重庆，现在拟设成都分行。总经理为唐棣之。

二十一军总金库——二十一军于民国十九年秋冬间在重庆设立总金库，即以该军财务处长为该库收支官，监督办理，再于收支官下设正副经理。发行粮契税券一种。于总金库内分设库券，收交两组，又于防区各县设立分库，共印制券二千万元，内设千元一张者一万张。共一千万元。五百元一张者一万张，计五百万元，其余五百万元，则分十元者二百万元。五元者二百七十万元。一元者三十万元。千元及五百元者，全存库未发。唯十元五元一元三种，流通市面。后又发行百元者一种，不久亦已全数收回。

民国十九年发券之初，曾设有检查委员会，逐月检查准备。日久金库亏空颇巨，检查者披露之数，每与事实不合，民间疑虑日增。乃另组织粮税契券整理委员会。由刘军长于重庆金融界中定十八人为委员，官方亦派人参加，由民国二十一年十月下旬起即完全点交委员会接收。并出示宣布。由是整理之后，社会上信用仍如前状。

民国二十二年五月重庆银钱业又成立联合公库。同时值民间对于该券又起疑问。军部遂又将该券发行事宜，委托公库代办，使一般人民，知此券之发行收兑，完全由金融界经手。藉资公开，而释疑窦。

万县市民银行——民国十九年设立，由万县地方驻军等合组，发有钞票及辅币券等。

各地之农村银行——年来因救济农村之声浪，高唱入云，川内各地多倡设农村银行，已设立者，如巴县北碚乡，及江津等处。

其他——其他官方组织之银行，则多随政局起伏。如从前二十四军成都之裕通银行，该军失败，亦随之瓦解；此外又如二十九军潼川之川西北银行，目前因军实困难之故，亦渐呈不安之气象。

### 乙　筹备中之银行

建设银行——原名路政银行，系由二十一军第一师师长兼四川公路总办唐子晋氏派定专员，集资募股设立。额定资本二百万元，闻现筹足八十万元，已就重庆公路总局内成立筹备处。

江海银行重庆分行——系由渝商与洪苓西君之关系，向上海江海总行认集股三十万元，就渝设立分行。现股本业经筹足，已设筹备处于打铁街。

大中银行——重庆大中银行民国十一年搁浅停业后，沉寂已十余年，去年秋，该行前渝行经理汪云松氏赴沪筹划，闻已有允为筹集资本三百万元，就沪设立总行，刻汪氏已回渝筹备，俟其总行成立，渝埠即可复业。

新业银行——重庆土帮征税，政府允其推期两三月，先出立期票，交二十一军财政处，由政府认息贴用。然有时因售土迟滞。到期常有不能履行者。去冬由该帮集资一百万元，交存川盐银行。所有土帮期票，改立一美益信托公司名义出立。即以此项资金，作到期履行之周转，现议定将美益信托公司改组为新业银行。即移此款作为资本。并照川盐办法，售土若干，入股本若干，以增实力。

农业银行——系二十一军筹设，将来总行即设重庆。其动机为救济农村。资金先由政府发行农村奖券三百万元，分五期发行。两个月一期，每期收六十万元。除得奖者外，其不得奖者，亦按券面酌定折头，收作股本。现已发行第一期奖券。

农村银行——为各县所筹设者。其已设有筹备处者，如江北、成都、泸县、綦江等处。

糖业银行——在重庆酝酿已久，唯资本如有筹集，尚未有具体之办法。

纸业银行——情形同糖业银行。

中华建业银行——其宗旨为开发西南，总行原议设于上海。成渝则设立分行。成都方面发起人为冉庆之、冷曝东等，已于去年春发出募股书，并于成都设有筹备处。

## 附：四川复杂币制种类表

| 种类 | 名称 | 形状 | 行使区域 | 流通数目 | 价值 |
|---|---|---|---|---|---|
| 毫洋 | 双毫 | 一面有20形 | 叙府、富顺、自流井、龙昌、内江 | 百数十万元 | 每五枚合市洋一元大洋九角二分 |
| | 龙毫 | 一面有龙形 | 泸县、合江、纳溪 | 三四十万元 | 同上 |
| 四川半元 | 老川半元 | 一面有十八圈圈中一篆文汉字 | 成都重庆及附近之县 | 数百万元 | 每二枚合市洋一元大洋五角至六角今市价只值三角 |
| | 新川半元 | 同上 | 同上 | 一千余万元 | 每二枚合市洋一元大洋四角至五角今市价只值三角 |
| | 杂板（劣币） | 同上 | 成都 | 三千余万元 | 每二枚合大洋二角至三角 |
| 云南半元 | 全龙半元 | 一面铸满文一面铸龙形 | 通用（但重庆以下不用） | 数十万元 | 每二枚合市洋一元大洋九角二三分 |
| | 半龙半元 | 有龙无汉文 | 同上 | 一百余万元 | 同上 |
| | 唐继尧半元 | 有唐继尧肖像 | 同上 | 数十万元 | 同上 |
| | 钢板 | 与半龙半元同 | 川南各县通用 | 百万元 | 同上 |

续表

| | | | | | |
|---|---|---|---|---|---|
| 大洋 | 汉字大洋 | 形同厂板 | 通用 | 千万以上 | 合大洋九角余 |
| | 老龙洋 | 清朝所铸 | 普通大洋以此为标准通用 | 数十万元 | |
| | 伪造汉字大洋 | | 不用 | 十余万元 | 值大洋七八角 |
| | 人头大洋 | 袁世凯像 | 通用 | | 为大洋标准 |
| | 湖北江南北洋云南等大洋 | | 通用 | | 为大洋标准 |
| | 造字人头大洋 | 一面有袁世凯像一面有一造字 | 不用 | | |
| | 钢大洋 | 云南造 | 不用 | | |
| 铜币 | 老二百文 | 一面铸嘉禾直径为五生米突 | 重庆以上通用 | | 每枚当制钱二百文泸县合江只作百四十文 |
| | 新二百文 | 直径约3.5生米突形式同上 | 成都重庆附近通用 | | 同上 |
| | 老一百文 | 直径约四生米突 | 通用成都附近有用当一百四十文者 | | 每枚当一百文 |
| | 新一百文 | 直径约三生米突 | 成都重庆附近通用 | | 同上 |
| | 五十文 | 直径约5.5生米突 | 通用至湖北宜昌省内几绝迹 | | 每枚当五十文成都附近有当一百文用者 |
| | 二十文 | 直径约3.3生米突 | | 很少 | |
| | 十文 | 大小与外省同 | | 很少 | |

续表

| | | | | | |
|---|---|---|---|---|---|
| 铜币 | 铜元瓣 | 形式不一 | 遂宁等县用 | | 每枚当二十文照原价分作几分即作几分使用如原是当二百文分作四分每分即作五十用 |
| | 制钱 | 前清所铸 | 通用 | 很少 | 每枚作十文 |
| 锡币 | 十文 | 与北平所用本子相同较制钱稍小 | 不通用（各县商会所铸） | | |
| | 五文 | 同 | 同 | | |
| 竹币 | 廿文 | 印烙字于上 | 不通用（小铺私用） | | 照字使用<br>做买卖找零用 |
| | 十文 | 同 | 同 | | |
| | 五文 | 同 | 同 | | |
| | 四文 | 同 | 同 | | |
| | 二十文 | 同 | 同 | | |
| | 一文 | 同 | 同 | | |
| 纸币 | 钞票 | 形式不一 | 乡僻小县不用外人及商家银行所发行者尚通用 | | |
| | 执照 | 形式不一 | 伪造太多已禁止流行 | | |
| | 铜元票 | 形式不一 | 照字面行使 | | 乡僻地方维持市面之用 |

## 附：四川之大宗出品贸易调查

1. 山货

2. 药材

3. 生丝

4. 羊皮

5. 桐油（以下四类，因材料不全，从缺。）

6. 猪鬃

7. 纸业

8. 川土

### 四川之山货

（一）山货之种类

重庆山货业所经营之货物共有六类

（1）猪鬃类　黑猪鬃　白猪鬃　野猪鬃　霉猪鬃

（2）丝茧类　粗黄丝　细黄丝　挽手茧巴　口结丝头

（3）木耳类　白木耳　黑木耳　黄木耳

（4）生皮类　生羊皮　黄皮　水皮　撑板皮　箱皮　山羊皮　兔皮

（5）杂皮类　獭皮　虎豹皮　獾皮　牛尾　野猫皮　鱼猫皮　黄鼠皮　青棕皮　麂皮

（6）杂货类　角棓　肚棓　鸭毛　羊毛　剪人发　芋片　白蜡　黄蜡　竹参　麝香　虎豹骨　杂骨　生漆　牛胶　胶渣　青麻　牛油　木油　桐油　桐丝　牛角

（二）山货业

重庆山货业，按其营业性质，可分如下：

（1）字号　专门经营出口事业，并在外县设庄收买货物。

（2）栈房　系介绍性质，亦在外山收买货物。

（3）中路　又名“车子”，系转手商，一手自行栈买入，一手即卖于字号。

（4）洗房　拣洗猪鬃之工厂，或系自经营或系字号所设。

（5）贩子　自外县采办货物，由栈房介绍售卖字号。

重庆字号帮共有十八家，栈房帮有二十三家，中路帮有三十九家，洗房帮有三十五家。贩子系外山人，未悉其数。

（三）出口状况

山货为川省之大宗生产品，每年出口数量极大，兹录去年——二十二年——之出口表于后：

| 货别 | 单位 | 数量 | 价值（元） |
|---|---|---|---|
| 羊皮 | 担 | 二二六〇〇 | 二九三八〇〇〇 |
| 白猪鬃 | 担 | 二六六四 | 一九四一八〇〇 |
| 黑猪鬃 | 担 | 一四六七五 | 二一九八四〇〇 |
| 黄皮 | 担 | 二一九五 | 八七四五〇 |
| 撑板皮 | 担 | 一六三八 | 三六六七四 |
| 剪人发 | 担 | 七九〇 | 三九五〇〇 |
| 乱丝头 | 担 | 一三四四 | 八七二〇〇 |
| 羊毛 | 担 | 四五〇〇 | 一八〇〇〇〇 |
| 鸭毛 | 担 | 三三四七 | 一一〇〇〇〇 |
| 青麻 | 担 | 一〇四六八 | 二八〇〇〇〇 |
| 棓子 | 担 | 一六一〇〇 | 五一二五〇〇 |
| 茧巴 | 担 | 二五〇〇 | 五〇〇〇〇 |
| 生漆 | 担 | 九三六九 | 九三六九〇〇 |

| 棕丝 | 担 | 一八七〇〇 | 二九九二〇〇 |
|---|---|---|---|
| 竹参 | 斤 | 五〇〇〇 | 八〇〇〇〇 |
| 箱皮 | 张 | 八八五〇 | 三一〇〇〇 |
| 麂皮 | 担 | 八六 | 四六七〇 |
| 芋片 | 担 | 四五〇〇〇 | 六七五〇〇〇 |
| 兔皮 | 张 | 一九八〇〇〇 | 二七七二〇 |
| 白木耳 | 斤 | 八四五〇 | 五一〇〇〇〇 |

**四川之药材**

（一）川药种类

川产土药，有二百余种，其中约有六十余种出口，余者专销省内。兹录出口与不出口各药之名如下：

“不出口药”：土芦芭、黄芩、大吉、主石、白芪、百合、苍朮、怀花、甘遂、笕苓、香草、土条参、云苓、香加皮、土桔梗、西志肉、云风、桃仁、草决、土辛、西志通、柽甘、土芡实、丑牛、伏花、瞿麦、地骨皮、渣肉、呈茄子、草乌、山苓、枝子、女贞、独活、土明参、地于、莱菔子、泡参、甜杏仁、菟丝子、青皮、仙毛、白芨、白为、南藤、蒙花、萹荳、红枣、银柴胡、甘草、胡麻仁、朴花、苦参、苡仁、钩藤、苏子、玉竺、木则、木别、升麻、李仁、花粉、白付子、冬葵子、土白部、胆草、藜芦、土防杞、天葵子、土藿香、荆芥、黄荆、淡大云、狗脊、谷虫、各花、土苓、橘核、辛夷、桑寄生、石连子、谷金草、红杞、盐大云、香元片、龙骨、木瓜、管仲、僵虫、覆盆子、前胡、狼毒、首乌、紫菀、山支仁、灵仙、磅砂、淡竹叶、金钗、桑皮、怀通、肚挪、淫羊藿、木通、灵草、冲玉子、苍耳、金沸草、土文朮、甜茂、青盐、柴胡、青香子、床子、赤石子、薄荷、硵砂、朱砂、白矾、紫草皮、土牡力、咸水石、月砂、海金砂、水硍、皂矾、石黄、砣参、班毛、廷力子、紫草耳、土子、樟片、朝老、土青黛、硍朱、怀角、六月石、胆矾、玉芙蓉、滑石、麻黄、枝皮、铅粉、黄丹、蜂蜜、杏仁、土玄参、蒙桂、虫退、刺猬皮、紫苏、土银花、琥珀、瓜蒌仁、续断。

“出口药”：冬花、黄连、天冬、天雄、赤芍、牛夕、川芎、当归、羌活、大黄、白芷、木香、半夏、天麻、黄姜、白姜、泽泻、雷丸、丹参、麦冬、贝母、虫草、朱苓、鲜石斛、甘松、川乌、玉京、常山、南星、毛慈姑、吴萸、小茴、牙皂、均只、巴豆、枳实、佛手片、前仁、瓜仁、红梅、红花、川练子、故纸、陈皮、杜仲、枳壳、黄柏、夹皮、厚朴、橘络、薄头、通片、秦艽、红茂、参叶、土菊花、熊骨、麝香、鹿角、豹骨、硫磺、九香虫、蝉花、党参、白芍。

出口药中，又有一种分出若干类，或若干花色，所销帮口不同，销市亦异。

（二）产地与产量

四川以下列诸处为产药最著之区：

（1）松潘——著名特产为虫草、贝母、羌王、秦艽、木香、赤药等药材。

（2）中坝——该地产天雄、羌王、甘松等大宗药材。

（3）灌县——产羌王、木香、秦艽、贝母等药材。

（4）雅川——产虫草、麝香、木香、赤芍等著名药材。

其他产地甚多，至于云南、甘肃、陕西诸省之药，多贩运来川，转道出口，故向列在川药范围之内。甘肃之碧口、南坪、阶州等地，系产药极丰富且优之处，每年占出口数量最大。川芎、当归、党参、大黄等药，即系诸地名产。

（三）药材业

重庆药材业，分字号、行栈、铺户三帮。

（甲）字号——分山土字号业与广土字号业两种，前者以贩卖山土药为业务，后者以买土药卖广药为业务。经营此业者，现在共有七帮：

（1）申帮

（2）浙帮

（3）港帮

（4）汕头帮

（5）汉口帮

（6）湘潭帮

（7）淮帮

（乙）行栈——系介绍性质，分三种：

（1）广药行栈——经营进口业。

（2）土药行栈——经营出口业。

（3）零售土药行栈——零售与本地药铺。

（丙）铺户——分三类：

（1）择药铺——即生药铺，系转售性质。

（2）咀片铺——即熟药铺，系直接售卖性质。

（3）草药铺——专卖各种草药，不属药材帮。

（四）四川药出口状况

近年川药出口之数量颇大，民国二十年与二十一年合计约二千五百万觔左右，价值八百余万元，其中当归、川芎、大黄、黄白姜等约占八百万觔，为各药中数量最大者。

**四川之生丝**

（一）产茧区域

四川产茧区域甚多，尤以川北一带为最，约占全省三分之二，川东南则次之。盛时，产茧总量，约产鲜茧四十五万担，乃至四十七八万担，详表如下：

| 产茧地 | 产茧量（担） | 合丝量（担） |
|---|---|---|
| 三台 | 一三〇〇〇〇 | 九〇〇〇 |
| 顺庆 | 五七（八）〇〇〇 | 三五（六）〇〇 |
| 阆中 | 五〇〇〇〇 | 三〇〇〇 |
| 乐山 | 八〇〇〇〇 | 五〇〇〇 |
| 合川 | 五〇〇〇〇 | 三〇〇〇 |
| 万县 | 六〇〇〇〇 | 三六〇〇 |
| 重庆 | 一六（七）〇〇〇 | 一〇〇〇 |
| 其他 | 三五（六）〇〇〇 | 一六（七）〇〇 |

（二）丝厂区域

从前省内共有铁机丝厂二十家，除谦吉租与合计外，已停业者，共有九家，余十一家，归入大华公司，十一家之地址、厂名、厂号、车数如下：

| 地址 | 厂名 | 厂号 | 车别 | 车数（部） |
|---|---|---|---|---|
| 乐山 | 华新丝厂 | 大华第一厂 | 直缫丝车 | 三六〇 |
| 三台 | 裨农丝厂 | 大华第二厂 | 直缫丝车 | 三〇〇 |
| 顺庆 | 德合丝厂 | 大华第三厂 | 再缫丝车 | 五〇〇 |

| 顺庆 | 同德丝厂 | 大华第四厂 | 再缫丝车 | 四九八 |
|---|---|---|---|---|
| 顺庆 | 六合丝厂 | 大华第五厂 | 再缫丝车 | 四四四 |
| 江津 | 九江丝厂 | 大华第六厂 | 再缫丝车 | 三〇〇 |
| 重庆 | 同孚丝厂 | 大华第七厂 | 直缫丝车 | 三三六 |
| 重庆 | 善顺丝厂 | 大华第八厂 | 直缫丝车 | 三二四 |
| 重庆 | 大江丝厂 | 大华第九厂 | 直缫丝车 | 二八四 |
| 重庆 | 丽华丝厂 | 大华第十厂 | 再缫丝车 | 二六六 |
| 重庆 | 大有丝厂 | 大华第十一厂 | 再缫丝车 | 四二四 |

（三）产量

川丝产量，根据先年输出数量，约二万担，省内纺织业消耗者，年约数千担以至万担，综计全省产丝约三万担，与全省估计之产茧量四十五万担相符合。

（四）种类与品质

川产生丝计有下列诸种：

（1）厂丝

（2）木车扬返

（3）摇经

（4）遇盆

（5）统丝

川省因气候土壤得天独厚，所产生丝之品质，素称优良，更有两种特点：

（1）丝质富于韧性。

（2）丝缕表里均匀，便于配搭条纹。

（五）出口数量

近年川丝出口数量如下表：

| 年别＼项别 | 机械厂丝 | 经丝 | 土丝 | 总计 |
| --- | --- | --- | --- | --- |
| 民国十八年 | 二九六一 | 五六九三 | 二三九二 | 一一〇四七 |
| 十九年 | 三四八三 | 三二八八 | 二四七二 | 一四二四三 |
| 二十年 | 二三九四 | 三六二三 | 一六五六 | 七六七四 |
| 二十一年 | 二五三一 | 三六七一 | 二七二一 | 八九二三 |
| 二十二年 | 一七六三 | 二〇五一 | 一〇七三 | 四八八七 |

注：单位百觔。其他邮寄及万县海关与川南出口之数量，未计在内。

（六）贸易概况

川丝之国外市场，为美、法、印三庄。欧战时，曾一度停销，战后，逐渐恢复。民国十二年，日本遭遇震灾，华丝独占国际市场，川丝输出者，年达二万余担。其后日丝复兴，步步为营。川丝因内战时起，受苛捐剥削，丝业一落千丈。近年贸易，仍趋每况愈下之势，其因有四：

（1）世界经济不景气声中，人造丝价廉美观，夺得生丝地位。

（2）美国复兴计划失败，川丝销市甚淡。

（3）法国销市甚滞。

（4）印度对川丝不进胃口。

因此之故，近年川丝不但出口数量减少，丝市价亦时告奇跌。

川丝五年来市价，迭有变动，如下表：

| 年别＼项别 | 机械厂丝 | | 经丝 | | 土丝 | |
| --- | --- | --- | --- | --- | --- | --- |
| | 最高 | 最低 | 最高 | 最低 | 最高 | 最低 |
| 民国十八年 | 1050两 | 950两 | 980两 | 800两 | 500两 | 430两 |

| 民国十九年 | 1040两 | 930两 | 900两 | 620两<br>扬返 | 480两 | 400两 |
| --- | --- | --- | --- | --- | --- | --- |
| 民国二十年 | 940两 | 780两 | 800两<br>木车厂丝 | 750两<br>扬返 | 450两 | 350两 |
| 民国二十一年 | 650两 | 520两 | 620两<br>木车厂丝 | 380两<br>扬返 | 380两 | 320两 |
| 民国二十二年 | 900元 | 660元 | 850元<br>木车厂丝 | 500元<br>扬返 | 460元 | 380元 |

（七）整理办法

（1）设立川丝整理委员会　二十一军为拯救川丝，特设川丝整委会，从事救济，整理方案，系治标与治本两大问题，治标属于丝商业，治本属于丝工业与丝农业。该会先从治标方面着手整理。

（2）组织大华公司　厂家经历年亏折，营业衰落，乃于去年春间，联合现有之十一家丝厂，组织大华公司，实行团结经营，该公司现金股本四十四万元，不动产股本一百二十一万元，共计股本一百六十五万元。该公司之营业，虽未见开展，但丝质进步，费用紧缩，亦正丝业界之所期望者也。

（3）设立检验所　大华公司设立检验所，检验各厂出丝，按质定级，指定出口或内销。

四川之羊皮

（一） 产地

四川各地皆产羊皮，按来路不同，分为十六个区域述之。

（1）成都

成都之羊皮，分北路货与南路货两种。北路货包括成都、石桥、简阳、金堂、什邡诸地。产皮以成都为优，其余次之。南路包括温江、郫县、青神、眉山、彭县、新津等县，此路产皮，不及北路货。

（2）乐至

此路包括乐至、安岳、遂宁、武胜、合川、铜梁、璧山、江津等地。产皮以乐至、安岳、遂宁为优，其余除合川所属莲米溪所产羊皮，堪与上述三处相比外，均不及之。

（3）渠河

此路包括广安、渠县、营山、三汇镇诸产地。产皮不及乐至一路。

（4）巴河

巴河包括巴中、南江、通江诸县，羊皮皮板及花色均劣。

（5）州河

此路包括自三汇镇至绥定一带。产皮稍较巴河为佳，唯东乡、太平之货，则较渠河为劣。

（6）大竹

此路包括邻水在内。两地羊皮，较渠河为优。

（7）垫江

此路包括梁山在内，两地均为白皮著名产地，但以垫江为优。

（8）开县

开县、新宁两地亦产白地，但不及梁垫之优。

（9）万源

此路包括宣汉、开江、城口、奉节、云阳、忠州、石柱、巫山诸地。产皮甚劣，多集中万县运申。

（10）酆都

酆都一路，包括涪陵在内，两地产皮颇佳，唯杂有他处来货，货色因低。

（11）南川

此路包括綦江在内。因接近山区，产皮不佳。

（12）合江

合江北面产皮颇优，南面产皮则劣。集中合江之土城、仁怀两地产皮，亦不佳。

（13）泸州

泸州本市与北面货甚佳，南面货则劣。富顺、威远、井盐诸地之皮，贩运至泸者，以热季皮为多，亦非佳货。

（14）叙府

叙府为川中产皮最劣之地，运输之货，多售与制革厂。

（15）永川

此路包括隆昌、荣昌在内。产皮颇佳。

（16）内江

内江羊皮产量颇大，货亦不恶，渝申字号，多在该地设庄收买，欧美妇女所用之皮匣，及其他革制上等用具多用内江羊皮为原料，因皮质最称柔美也。

（二）产量

四川羊皮，去年出口数量约为二万二千六百担。

（三）羊毛之等级计有八种：

1. 头等平毛——平毛重　重一.二至一.七五磅。

2. 头等中毛——毛深　重一.二至一.七五磅。

3. 大中毛——毛最深　重一.二至一.七五磅。

4. 羊母头等——平毛，但不及头等平毛，重二磅以内。

5. 二等中毛——重二磅以内。

6. 三等中毛——重二磅以内。

7. 头等小皮——重约十一两。

8. 小皮——重九两至十一两。

（四）羊皮之皮板按节季不同可分四季皮。

一等皮——秋季板，毛未长熟，皮板结实。

二等皮——热季板，无附毛，唯毛稍松。

三等皮——春季板，春季羊须脱毛，皮板甚薄。

四等皮——冬季板，天气寒冷，羊生附毛甚多，皮板因厚。

（五）劣种羊皮计分九种：

1. 血浆——外山屠夫杀羊后，以血沙掺和涂上，图加重斤两。

2. 火坑——羊皮未干，以火炕之，故名。

3. 槐虫——羊食槐树叶，皮上生豆大之疽，以针刺之，即出浆，硝后成洞。

4. 镶附——羊杀后，折晒于绳上，硝后有痕。

5. 血呛——羊为牧童打击，血侵入皮内，故名。

6. 冲毛——羊皮未经晒干，颈上之毛一扯即脱。

7. 黄腊——外山亟于应交字号之货，皮未晒干，即夹入捆内，皮板遂变黄色。

8. 陈货——或因囤放，或因错过行市，放置既久，一经热季，油气全无，光泽消失。

9. 虫伤——羊皮于热季时，须以樟脑保护，否则被虫侵蚀，成为虫伤板。